바람이 분다
살아봐야겠다

바람이 분다! ... 살아봐야겠다!

　　　　－ 폴 발레리, 「해변의 묘지」

[이규식 문화론]

바람이 분다 살아봐야겠다

문화의 훈풍, 삶을 덥히는 바람을 기다리며

28년 전 『사람과 사람 사이 문화와 문화 사이』를 발간한 이후 이 번까지 '문화론집'이라는 이름으로 꼭 열 권을 펴냅니다. 신문, 잡지, 저널과 여러 매체에 실린 문화, 사회 관련 글에서 골라 다듬었는데 굳이 '문화론집'이라는 타이틀을 붙인 것은 칼럼이라는 장르가 가질 수 있는 일회성, 시의편중에 치우치지 않고 하나의 문화현상, 기억할 만한 트랜드의 단초로 눈여겨보고 이런 사안들이 우리 사회에서 의미 있는 아젠다로 기억되었으면 하는 바람에서였습니다.

특히 세기말, 세기초를 거치면서 잇따르는 문화 이슈, 사회적 관심사와 의제를 바라보면서 우리 사회의 문화층위 향상, 문화의식을 높이기 위한 나름의 진단과 실천적 방법을 궁리해왔습니다. 그리고 이런 논의가 보다 넓게 확산되어 공감대를 넓혔으면 하는 생각으로 30년 가까이 관심 있게 사회현상과 문화의 흐름을 지켜보고 기록해왔던 것입니다.

2018년 가을 정년퇴임 이후 조금 더 여유 있게 우리 문화의 다양한 분야에 관심을 기울이면서 답사와 만남, 자료탐사 그리고 토론의 기회를 통하여 문화론 집필 작업을 계속할 수 있었습니다.

1969년 고등학교에서 프랑스어를 처음 배우기 시작한 이후 그동안 공부하고 가르쳐온 프랑스 문학, 문화는 이 과정에서 여러 유효

한 단서를 줄 수 있었고 시간과 공간의 편차를 넘어 비록 개괄적이기는 하지만 적절한 대안의 범주 안으로 편입되기도 하였습니다. 개성과 다양성의 존중, '지금 여기'의 중요성 그리고 합리적인 대안모색을 향한 끊임없는 열정과 소통의지 같은 몇 가지 줄기로 압축되는 프랑스 문화의 귀띔은 많은 경우 선진사회, 문화사회를 내다보는 우리에게 의미 있는 방향타가 될 수 있었습니다. 맹목적이고 피상적인 외래문화 수용이 초래하는 이런 부작용, 저런 역기능이 점차 두드러지는 이즈음 여유와 개성, 각자의 취향을 존중하는 문화는 특히 중요합니다. 그런 의미에서 이 책에 실린 다양한 주제의 글들은 근래 우리 사회가 함께 고민하고 합리적 지향점을 모색해야 할 의제와 관심사를 향한 나름의 대안이라고 할 수 있습니다.

21세기도 어느 사이 30년을 바라보고 있습니다. 새로운 문화의 물결과 바람이 우리 일상에 스며들어 사람과 사람 사이, 조직과 조직 사이에서 새로운 혁신, 따뜻한 소통이 조용하지만 지속적으로 일어났으면 합니다. 백범 김구 선생께서 이미 백 년 전에 그토록 갈망하던 '문화의 나라'를 그려봅니다. 그 당시 벌써 문화라는 모호하고 추상적인 개념을 뚜렷한 윤곽, 구체적인 실물감으로 정의했던 백범 선생의 혜안을 흠모하며 폴 발레리가 오랜 성찰 끝에 토로한 장시 「해변의 묘지」 한 구절을 되뇌입니다.

"바람이 분다!… 살아봐야겠다!"

2023년 8월

이규식

제2부 - 공간

제3부 － 사람

제4부 - 프랑스 인문 기행
- 파리에서 스트라스부르까지 -

제1부

시간

근신의 시간, 책을 펼치며

지루하고 불안한 나날들이 계속되고 있었다. 개인위생 수칙을 지키고 되도록 접촉을 피해야 한다는 강박관념에 우리 사회는 움직임이 거의 없는 거대한 어항과 같았다. 그 와중에 헌신적인 의료진과 방역, 행정 당국의 노력이 보석처럼 빛났다. 의도하지 않게 감당해야 할 공백 기간, 피할 수 없다면 분주한 일상으로부터 잠시 비껴나 나 자신을 돌이켜 볼 기회로 삼을 만도 했다.

두꺼운 책을 한 권 빼든다. 몽테뉴 『수상록』, 제목이 주는 고리타분하고 지루한 느낌에도 불구하고 책 그 어느 장章에서부터 읽기 시작해도 괜찮다. 1580년부터 펴내기 시작했는데 440년이라는 시간의 격차를 느끼기 어려우리만치 담백하고 보편적인 서술로 '나'에서 출발하여 인간본성에 이르는 자유로운 사색의 탐사를 펼친다. 그 중 인상적인 문단을 옮긴다.

(…)죽음이 우리를 어디서 기다리고 있는지는 확실하지 않다. 도처에서 죽음을 기다리기로 하자. 미리 죽음을 생각하는 것은 자유를 예상하는 것과 같다. 죽는 법을 배운 사람은 노예에서 풀려나는 법

12

을 익힌 셈이다. 죽음을 알게 되면 우리는 모든 굴종과 억압에서 해방된다.(…)

여기서 죽음을 고통이나 그 밖의 우리 삶과 행복을 위해하는 요소들로 대치해도 좋을 듯하다. 삶의 고비 고비 우리를 괴롭히는 죽음의 위협, 고통, 난관 같은 개념에 대하여 몽테뉴는 나름의 소신을 펼친다. 다음 대목은 얼핏 이해하기 쉽지 않지만 여러 번 읽어보면서 각자 나름의 상황과 경우를 대입하며 몽테뉴의 의도를 짚어볼만 하다.

(…)용맹함은 다른 미덕들과 마찬가지로 한계가 있다. 그 한계를 넘어가면 악덕의 대열에 끼게 되고 결국 거기에 묻혀 경계를 잘 알 수 없는 경솔함, 고집, 광기에 이르게 된다. 사실 그 경계는 분별하기가 쉽지 않다. 이런 고찰로부터 우리가 갖고 있는 관습이 생겨난 것인데, 전쟁 중에 버틸 수 없는 요새를 지키겠다고 고집을 피우는 사람들을 군사 규칙을 따라서 처벌하고, 심지어 사형까지 시키는 것이다. 그렇지 않으면, 처벌받지 않는다는 희망만 믿고 닭장만한 요새들이 군대를 멈춰 세우게 될 것이다!(…)

『바다의 침묵』을 다시 읽는다

1970년대 대학 외국어문학과 강의는 대체로 텍스트 해석 위주로 진행되었다. 지금처럼 번역서나 관련정보가 넘쳐나는 세상이 아니어서 우선 원문의 우리말 해석을 확보하는 것이 우선과제였던 것이다. 담당교수들은 많은 경우 한줄 읽고 한줄 해석하는 방식으로 강의하였다. 그것도 한 학기 16주강의 가운데 약 1/3 이상은 이런저런 사유로 휴강하거나 당시 시국에 관련하여 잦은 학내시위로 휴교령이 발동되어 아예 강의자체가 없었던 황량한 시절이었다. 간혹 예리하고 학구열 넘치는 학생이 날카로운 질문이라도 할랴치면 교수는 만족할만한 답변 대신에 해당 구절을 다시 한 번 해석하면서 이 대목이 시험에 나올 확률이 높다는 식으로 주의를 분산시키곤 하였다. 그리하여 작품의 문학성이나 작가의 메시지, 문체상의 수월성 같은 문학연구 차원으로는 진입하지 못한 채 단순번역으로 외국문학 텍스트 공부를 하곤 하였다.

이런 과정에서 공부한 작품이 프랑스 레지스탕스 문학의 걸작으로 꼽히는 『바다의 침묵』(베르코르 지음)이었다. 레지스탕스는 대체로 항거, 저항의 의미로 쓰이지만 R자를 대문자로 쓰면 나치독일의 프랑스

영화 「바다의 침묵」, 1949년 장-피에르 멜빌 감독

점령에 맞섰던 프랑스인들의 저항운동을 지칭한다. 베르코르는 소설을 써본 일이 없던 화가였다. 조국이 독일에 점령당하자 전쟁과 침탈의 야만성 그리고 거기에 맞서 끝없는 침묵을 통한 또다른 저항의 의미, 적군 장교가 토로하는 휴머니즘을 부각시켜 스스로의 자존을 높여 종국의 승리를 상징하는 높은 문학적 장치로 저항문학의 금자탑으로 꼽히고 있다.

목청 높여 독립과 자유의 가치를 외치고 무력항쟁으로 침략자에 맞서는 행위는 더없이 숭고하지만 『바다의 침묵』에서는 자신의 집에 무단으로 거처를 잡은 독일군 장교의 끝없는 장광설을 통하여 전쟁과 침략의 야만성, 예술의 소통과 숭고함, 휴머니즘의 가치 등을 토로하게 함으로써 침략자의 자가당착을 드러내 보인다.

참으로 오랜만에 『바다의 침묵』을 다시 읽으며 문학과 예술을 통한 저항의 의미를 찬찬히 되새겨 본다. 그리고 침묵이 주는 항거와 경멸의 의미를 생각하였다.

21세기, 전염병에 대한 예측

1990년대에 다가오는 새 밀레니엄을 내다본 예측 서적이 숱하게 출간되었다. 그 중에는 오랜 탐구와 성찰로 내공을 쌓은 전문가들의 무게 있는 저서도 있었고 그때까지만 해도 활용과 영역 확장이 제한적이었던 빅 데이터를 활용한 사례분석은 흥미로웠다.

새 밀레니엄도 어느 새 20여 년이 지났다. 우후죽순 쏟아져 나왔던 21세기 예측서적에서 내다본 전망이 어느 정도 현실화되었을까. 프랑스의 저명한 인문·사회과학자이며 현실정치에도 깊숙이 참여했던 자크 아탈리(1943~)는 1998년 펴낸 『21세기 사전』에서 21세기에 인류가 당면할 개념을 400여개 표제어로 연역한다. 유려하고 치밀한 문체가 돋보이는 이 책의 서문만 읽어도 20세기를 보내고 21세기를 맞이한 인류가 감당해야 할 현실과 미래의 좌표가 드러나는 듯하다. "아무 것도 확실하지 않다. 20세기는 악마의 세기였고 20세기가 물려준 세상은 말 그대로 도저히 살 수 없는 지경의 세계다. 폐허의 도시에서 살아야 하는 빈곤층은 그 비참함에 질식하고 모든 것이 넘쳐나는 부유층은 욕망의 노예가 되어 호화로움에 숨이 막힌다."(『21세기 사전』, 중앙 M&B 발행)

격정적이기까지 한 이 언술의 행간에서 이제 20여 년을 보낸 21세기 지구촌 삶의 한 단면이 비쳐진다. 우리말 번역서의 추천 글을 쓴 이정우 교수의 다음과 같은 지적은 새겨볼 만하다. "흥미롭지만 어디까지나 미래에 대한 개연적인 추론이다. 따라서 이 저작은 (⋯) 미래의 가능성을 미리 짚어보는 담론으로서 읽혀야 할 것이다. 그 가능성중 어느 것이 현실화할 것인가는 인류의 노력에 달려있다."

이 책의 「전염병」 항목을 읽어본다.

"사람과 상품, 생물 등 '유목'의 부작용으로 대규모 전염병이 다시 창궐하지도 모른다. (⋯) 세계적인 격리 조치가 취해질 것이다. 이에 따라 잠시 유목과 민주주의에 대해 회의하게 될 것이다. 15세기에 국가별로 그랬던 것처럼 전염병 때문에 경찰이 생겨날 것이되 이번에는 분명 세계적인 경찰일 것이다. (⋯)".

지구촌을 공황으로 몰아 넣었던 코로나19 창궐을 보았던 우리에게 이 대목은 앞으로의 21세기 삶에 관련하여 여러 생각이 들게 한다.

노인의 예지, 노인의 불꽃

- 노인연령 개정을 위한 사회적 합의 필요하다

『레 미제라블』 작가로 널리 알려진 프랑스 19세기 작가 빅토르 위고는 당시로서는 고령인 83세에 세상을 떠났다. 그 80여 년의 세월은 그야말로 파란만장했던 한 편의 대하 드라마였다. 연극작품을 숱하게 썼지만 그 스스로 주인공이 되어 19세기 유럽, 격동의 시대를 한 세기 가까이 살아온 셈이다. 특히 자녀들이 거의 모두 일찍 죽거나 불행한 삶을 살아 위고로서는 평생 지울 수 없는 강박관념이 되었을 것이다. 18년에 걸친 자발적인 망명생활에서 나폴레옹3세가 퇴위하자 고국으로 돌아온 위고에게는 보살펴야 할 친족으로 손주들이 있었다. 잔과 조르주, 특히 두 아이들에게 위고가 쏟은 사랑과 정성은 75세에 펴낸 시집 『할아버지 노릇 하는 법』을 통하여 세밀하게 묘사되어 있다. 『할아버지 노릇 하는 법』에서는 천진난만한 아이들의 모습을 바라보는 할아버지의 무조건적인 애정과 긍정의 눈길만 담겨있는 것이 아니다. 할아버지로서, 노인으로서 마땅히 가져야할 시선과 품격, 의무와 자세가 행간에서 읽혀진다.

'노인'에 대한 위고의 생각은 60세 되던 해 발간한 시집 『여러 세기의 전설』에 수록된 「잠든 보아즈」라는 작품에서 잘 그려지고 있다.

빅토르 위고

옛 샘물로 다시 돌아온 노인은/ 변화무쌍한 나날들을 떠나 영원한 날들로 들어간다/ 젊은이들 눈에서는 불꽃이 보이지만/ 노인의 눈에서는 빛이 보인다.

- 빅토르 위고, 「잠든 보아즈」 부분

지금부터 160여 년 전에 위고가 정의한 노인의 모습은 그후 오랜 세월 정석으로 통용되어 왔다. 삶의 경륜을 통하여 터득한 예지와 인내심, 세상을 바라보는 넓고 안정된 시선으로 생애의 만년을 슬기롭게 통과하는 노인의 모습은 그러나 급속한 고령사회 진행과 더불어 크게 바뀌고 있다. 젊은이 못지않은 체력, 열정과 욕망, 늙어가는 자신의 모습에 대한 착잡한 감정, 젊은이와 노인 사이의 양극화 현상으로 노인들은 이런저런 욕구불만과 복잡다단한 의식아래 위고가 노래했던 평정한 경지로의 진입이 그리 쉽지 않은 것이다.

노령층을 바라보는 사회의 이중적 시각도 여기에 일조하는 듯하다. 노인 교통사고가 발생할 때마다 노령층의 운전에 제한을 두자는 목소리가 높아진다. 그런 한편 인력난으로 고령층을 운전기사로 채용하는 시장구조가 엇갈린다. 세대별로 각기 연령층에 적합한 나름의 역할과 사회기여 구조 정립이 필요할 텐데 우선 지금 65세부터로 규정한 노인연령 조정을 위한 사회적 합의가 시급하다. 이 과정이 난마와 같이 얽힌 노인문제에 본격적으로 접근하기 위한 단초가 될 것이다.

예비고사, 학력고사, 수능
- 대학수학능력시험 도입 30년

매년 연말 수시모집을 끝내고도 등록 포기자 환불이며 이월된 인원을 정시모집에 포함시켜야 하니 끝없이 이어지는 입시 업무로 대학 입학부서 직원들의 고단함은 가중된다.

예전에는 2월이 되면 신입생 모집 업무가 모두 끝나 새 학기를 앞두고 오리엔테이션, 예비대학 등으로 분주할 터인데 언제부턴가 꼬박 2월말까지 개학을 코앞에 두고서도 추가모집 작업으로 눈코 뜰 새 없이 바쁘다.

1994학년도부터 도입된 수능시험이 2023년 신입생 선발까지 30년이 되었다. 건국 이후 바뀐 숱한 입시제도 가운데 30년을 넘긴 경우는 수능이 유일하다. 1969년부터 1981학년도까지 시행된 예비고사 제도는 당초 대학별 본고사 지원 자격을 부여하기 위하여 도입한 그야말로 '예비'고사인데 1974학년도부터 점수를 슬금슬금 신입생 선발에 반영하기 시작하더니 나중에는 100% 예비고사 점수로 뽑는 대학도 여럿 있었다. 13년간 시행된 예비고사 뒤를 이어 등장한 제도가 학력고사인데 1993학년도 까지 12년 동안 치러지다가 별 존재감 없이 사라졌다.

수능시험일, 시험이 끝나는 시간 무렵이면 문제 난이도 분석과 대학, 학과별 진학 가능점수 예측 그리고 출제 오류나 오답, 복수 정답 같은 착오가 없었는지 관심이 집중된다. 전반적으로 예년에 비하여 쉬웠다든가 어려웠다든가 같은 단순평가에 그칠 뿐 출제된 내용 자체에 대한 관심은 고등학교와 입시학원 등 직접 관련이 있는 그룹을 제외하고는 그리 크지 않은 편이다.

대학입시제도 개혁이 논의될 때마다 거론되는 벤치마킹 대상은 프랑스 바칼로레아 시험이다. 우리나라 교육정책과 행정에서 많은 영향을 받고 있는 나라가 미국인데 미국의 SAT같은 제도는 도입 또는 참조 여부가 거의 언급조차 되지 않고 있는 점도 흥미롭다. 바칼로레아는 프랑스 혁명 후 혼란기를 틈타 황제의 지위에 오른 나폴레옹 1세 시절 도입된 제도로 지금까지 200여 년 동안 부분적인 변화는 있었지만 골격은 유지하고 있는 중등과정 졸업시험이다. 교수들이 출제하는 수능이 하루에 치러지는 반면 교사진이 출제를 담당하는 바칼로레아 시험은 며칠간 진행되는데 50%이상 점수를 얻을 경우 엘리트 고등교육기관인 그랑제콜을 제외한 모든 국공립대학 입학자격을 얻는다. 절대평가로 특히 논술, 철학 시험이 필수로 이 제도의 경쟁력과 영향력이 여기에서 비롯되고 있다. 특히 논술 문제는 시험이 끝난 다음 전 국민적인 관심사로 등장하는데 '정의를 위하여 폭력이 정당화될 수 있는가', '과학으로 증명된 것만 진리로 받아들여야 하는가' 또는 '의식하지 못하는 행복이 가능한가' 같이 상당한 지적 수준에 오

파리 4대학(소르본) 교정

른 사고력의 소유자라 하더라도 장문의 논술 답변 작성이 그리 수월 치 않은 문제가 고등학교를 마치는 학생들에게 주어진다. 이 논술시 험이 프랑스 국민들의 관심을 받으며 가족, 지인들 간의 지적 논쟁을 이끌어 내기도 한다. 문학시험에 출제될 만한 작가들은 미리 서점에 다양한 관련 책들이 출시되어 수험생이 아닌 일반인들에게도 읽히고 있다. 이를테면 바칼로레아는 한 사회의 지적 호기심을 자극하고 수 험생과 가족이 아닌 일반인들에게도 흥미를 유발케 하는 일종의 정 신적인 무형의 축제로 자리 잡고 있는 셈이다. 우리나라도 이런 방향 으로 대입 제도가 개선되어야 한다는 큰 틀에는 대체로 공감하면서 도 구체적인 로드 맵을 비롯한 방안 강구는 커녕 시행상 어떤 어려움 이 가로 놓여있는지 차일피일 미루며 한해두해 수능 시험으로 연장

해갈 뿐이다.

　바칼로레아 형식으로 대입제도가 바뀌면 당장 거기에 따른 사교육 부담이 거론되고 이런 체제의 교육을 담당할 교사들을 재교육, 양성하는 제도가 갖춰져야 하는데 그러기 위해서는 대학 교육과정과 강의와 평가 방식이 먼저 혁신되어야 한다. 이런 전향적인 입시제도 개혁이 가능한 속히 이루어져야 할 텐데 늘 찻잔 속 태풍처럼 일어났다 사라지기를 거듭하는 가운데 봄이 되면 이제 또 다음해 수능시험으로 관심이 모아질 것이다.

압생트 한 잔에 대한 생각

서양 여러 나라에서 판매되는 술 압생트는 색소와 향료혼합 제재 등을 배합하여 맛과 색이 만들어지는데 19세기 유럽 사회를 떠들썩하게 만든 초록색 '악마의 술' 압생트를 먼저 떠올리게 한다. 그리스 로마 시대에도 이미 있었던 압생트는 1792년 프랑스 의사가 전승되던 제조법을 집성하여 향쑥, 회향풀 등을 원료로 다시 탄생시킨 것으로 특히 유럽 예술계에 끊임없는 스캔들을 만들어내며 문화사에 이름을 올리게 되었다.

쓰면서도 개성적인 맛의 초록색 액체 압생트는 결과적으로 작가, 화가, 지식인 등의 영감과 창작열을 불러 일으켰고 19세기 당시 이런저런 에피소드를 만들어낸 진원지였다. 지금은 거장으로 존경받고 있으나 당시에는 변두리 무명 예술인들이었던 이들, 특히 고흐의 경우 삶과 예술에서 압생트가 미친 영향은 컸지만 결국 알콜 중독과 이런저런 궁핍함으로 스스로 목숨을 끊는 비극을 맞이했다. 부르주아가 득세한 사회가 소외된 예술가들에게 압생트를 마시도록 부추긴 셈이었다.

끊임없는 논란을 야기한 압생트에 대한 부정적인 인식의 바탕에는

압생트 광고판

섹스, 살인, 마약, 중독, 환각 등과의 연관성이 떠오르면서 19세기 유럽 사회의 이면을 장식한 기제로 자리 잡았다. 병충해로 와인 생산량이 급감하면서 그 대체재로 자리 잡았지만 진실과 와전의 경계를 넘나드는 여러 구설수로 결국 금지령이 내려지기까지 압생트는 근대 부르주아 사회의 밝고 어두운 양상을 동시에 상징하였다.

시대가 바뀌어 압생트 환각 작용에 대한 그릇된 인식이 바로 잡히면서 이제는 상점과 술집에서 선호되는 인기품목으로 자리 잡았다. 18세기에서 21세기에 이르는 기간, 압생트가 겪은 온갖 영욕은 그대로 근현대 문화예술사, 대중사회사의 한 페이지를 장식한다. 압생트를 따른 뒤 구멍 뚫린 스푼에 각설탕을 올려놓고 그 위로 얼음물을 떨어뜨리며 녹이는 동안 초록색 액체는 우유빛으로 바뀐다. 모든 것이 급하고 빠르게 돌아가는 사회에서 독특한 향과 긴 여운의 압생트를 앞에 놓고 타임머신을 타고 예전 시대로 돌아간다면 고흐, 드가, 모네, 베를렌, 헤밍웨이, 와일드 같은 예술가들의 시끌벅적한 목소리가 들려올 것만 같다.

와인도 술이다

와인은 다른 주류에 비하여 이미지 구축이 약간 독특하다. 음주 매너에 있어서도 다소 까다로운 격식이 일반인들의 뇌리에 각인되어 있고 와인과 관련된 스토리텔링 또한 와인을 다른 술과 구분 짓는 요인이 될 수 있었다. 그 결과 일반인들에게는 접근하기 그리 수월하지 않은 술이라는 인식을 심어주는 반면 애호가들에게는 끊임없는 호기심과 탐구 대상이 되어 새로운 이야깃거리를 제공해 주고 있다.

와인의 종주국이라는 프랑스에서는 주류 소비의 58%가 와인일 정도로 국민술이 되어있고 나아가 술이라기보다는 음료로 간주하려는 경향이 높은데 몇 년 전 프랑스 농식품부 장관의 발언은 이런 정서의 단면을 보여주고 있다. 요지는 와인은 알코올 의존을 일으키지 않는 특별한 술이라는 주장인데 담당업무의 특성상 와인 생산 독려와 홍보, 판촉을 염두에 두고 한 발언이겠지만 여파가 만만치 않았다. 대번에 프랑스 국내외에서 반발이 잇따르고 있다. 동료 각료인 보건장관의 반론은 물론 도처에서 와인병을 쥔 채 방황하는 알코올 중독자들의 모습이 떠오르면서 이 발언은 곤혹을 치렀다.

와인이 다른 주류와 구별되는 몇 가지 특성을 감안하고 특히 분위

프랑스 디종의 와인 매장

기를 조성하여 대화를 촉진한다는 전통적인 미덕에도 불구하고 엄연히 와인은 알코올 10여 도에서 15도 또는 그 이상에 이르는 술이다. 우리나라 소주가 17도 언저리에서 맴도는 것과 비교해도 알코올 함량에 별반 차이가 없다. 프랑스 농식품부 장관이 "젊은이가 나이트클럽에서 와인을 마시고 만취해서 나가는 것을 본 일이 없다"는 발언 또한 설득력이 없어 공감을 얻기 어려웠다. 나이트클럽이 어디 만취를 목적으로 가는 장소던가.

이런 알코올 의존으로 인한 사회 문제는 바다 건너 남의 나라 일만이 아니다. 우리나라에서 음주로 인한 각종 사건 사고와 범죄 특히 청소년들의 일탈과 비행은 자못 심각하다. 다른 나라에 비하여 상대

적으로 손쉬운 주류 구입 시스템도 그렇고 사회적 인식이나 이제는
사라졌다지만 법원 판결에서의 '주취감경'이라는 개념 등이 복합적으
로 어우러져 여전히 '술 권하는 사회'를 이어가고 있는 듯하다.

평범한 와인이 유명 문화상품으로

- 11월 셋째 목요일 판매개시 '보졸레 누보'

근래 다소 시들해진 듯하지만 우리나라에 와인 붐이 일어난 때가 있었다. 소주 막걸리 그리고 맥주 같은 주종은 대체로 일정 비율 보편적인 취향을 공유하지만 와인의 경우 호불호가 첨예하게 엇갈린다. 와인 예찬론자들은 와인이 물을 첨가하지 않은 거의 유일한 주류이며 특히 이야기를 이끌어 내는 탁월한 스토리텔링 기능으로 소통을 이루는 장점이 있다고 강조한다. 그리고 와인의 빛깔, 냄새, 맛, 첫잔을 따를 때의 독특한 소리 그리고 와인 병의 촉감에 이르기까지 인간의 오감을 만족시키는 강력한 감성을 보유하고 있다고 주장한다. 꽤 오래전의 일이지만 고기를 많이 섭취하고도 식탁에 와인이 빠지지 않는 덕에 프랑스인들의 심장병 발병 확률이 낮다는 연구보고에서 이른바 '프렌치 패러독스'라는 용어가 회자되어 와인 붐에 일조하기도 했다.

와인을 선호하지 않는 사람들은 어중간한 알콜 도수에 떫고 신 맛은 술로서의 기본요건과 미각에 미흡할 뿐더러 이런저런 와인 매너, 테이블 예절은 편하고 즐거워야 할 자리를 불편하고 신경쓰이게 만든다는 것이다. 특히 과일주 특유의 숙취 현상이 거론되기도 한다.

예전만은 못하다 해도 여전히 많은 사람들이 지금도 와인 강좌에서 이론과 실습을 통하여 와인을 보다 더 잘 알고 즐기는 법을 익히고 있다. 그리고 지루한 코로나 기간 중 혼밥, 혼술 풍조가 확산되면서 특히 와인이 맥주, 양주에 앞서 2020년 수입 1위 주류가 된 사실은 주목할 만하다. 2021년에도 이런 추세는 이어졌다. 특히 편의점 판매량이 전년대비 2~3배에 이를 정도로 늘었다. 더구나 이른바 프리미엄화로 상대적으로 고가 와인 판매 증가는 양보다 질을 추구하는 사회 트랜드를 반영하고 있어 특히 젊은 층을 중심으로 앞으로 주류 소비 패턴 변화가 예측된다.

매년 11월 셋째 목요일 전 세계적으로 '보졸레 누보'가 일제히 판매를 시작한다. 프랑스보다 8시간 빠른 우리나라는 원산지보다 먼저 햇 포도주를 맛보는 셈이다. 프랑스 중남부 보졸레라는 작은 지역에서 생산되는 당해년도 생산 와인으로 '가메'라는 품종을 원료로 사용한다. 짧은 기간 숙성 후 출하하는 관계로 깊은 맛, 복합적인 향은 찾기 어렵지만 신선하고 가벼운 취향을 즐기는 사람들에게는 그런대로 어울릴 듯하다. 굳이 11월 셋째 목요일에 전 세계 동시 출시라는 마케팅 전략도 호기심을 자극한다는 그 이상도 이하도 아닐 것이다. 보르도와 함께 프랑스 와인 양대 산지인 부르고뉴에서는 '피노 누아르'라는 단일 포도품종으로 블랜딩 없는 와인제조 전통을 고수하는데 소수 품종으로 단기간에 출하하는 전략은 몇 년 전 세상을 떠난 보졸레 누보 성장의 상징적 인물인 조르주 뒤뵈프 등의 활동으로 자리 잡게 되었다. 코로나 기간 중 우리 사회의 여러 현안과 경기침체 등으로 보졸레 누보 시즌이 몇몇 언론의 짤막한 보도와 상점의 안내문 정도로 진행되었던 듯하다. 다른 나라 업계의 감성소구전략을 우리도 유심히 벤치마킹할 만하다.

충북 영동, 경북 영천 등지에서 생산되는 우리나라 와인을 비롯하여 전통주 막걸리도 보졸레 누보 마케팅 전략을 참고하여 가령 올해 첫 수확한 포도나 햅쌀로 빚은 술을 일정 기일에 동시 시판하는 마케팅은 어떨까 싶다. 특히 수입쌀이 상당비율로 사용되는 막걸리의 경우 용기 재질과 디자인 선진화, 유통기간의 과학적 조정, 세계인의 입맛을 겨냥한 다양한 양조방법과 천연첨가물 가미 등 막걸리를 K-food의 주력 품목으로 밀어볼 만하지 않을까.

오늘날의 '반달리즘'

　서정적인 감성을 불러일으키는 우리말 '반달'의 이미지는 유럽으로 넘어가면 이질적인 느낌으로 돌변한다. 고등학교 세계사 시간에 얼핏 들었음직한 반달족, 그리고 이즈음 세계 곳곳의 뉴스를 접할 때 언급되는 반달리즘이라는 용어의 선입견은 무엇보다도 으스스하고 섬찟하다.

　고대 게르만족의 일파인 반달족이 폴란드 남부에서 이베리아 반도를 거쳐 북 아프리카로 옮겨 거기에 반달 왕국을 세웠는데 455년 로마를 침공했다. 그렇지 않아도 오랜 세월 반달족에 대한 부정적 인상이 강했던 터라 약탈자, 문화파괴자로 간주되어 그리스 로마 문화를 최고의 이상으로 삼았던 르네상스 이후 이런 인식은 더욱 널리 퍼져 굳어지게 되었다. 고정관념이 이러함에도 역사연구가들은 반달족의 로마 침공 시 문명파괴와 약탈이 그렇게 심하게 자행되지는 않았다고 주장하기도 한다.

　1794년 프랑스 주교 앙리 그레구아르가 처음 사용했다는 반달리즘이라는 용어는 프랑스 혁명 이후 혼란기에 가톨릭교회 예술품과 건축물을 마구 파손한 군중들의 무분별한 행위를 반달족의 로마침공에 빗댄 것으로 이후 오늘날의 의미로 정착되었다. 당시 프랑스 군중들은 노트르담 성당 파괴도 시도했는데 빅토르 위고 등 예술가, 지식인들의 분투로 막아낸 것 역시 대 반달리즘 투쟁 역사에 기록된다.

사회변동과 혼란은 반달리즘 창궐의 호재가 된다. 특히 민족과 계층 간 갈등, 종교적 대립으로 부추겨지는 반달리즘은 21세기 들어 아프가니스탄 탈레반 정권이 바미얀 석불을 무너뜨렸고 IS세력의 메소포타미아 유적 파괴 등으로 비화되었다. 우리나라는 몽고 침입과 임진왜란 당시 약탈과 만행을 비롯하여 조선말기 개방요구를 빙자한 열강의 문화재 약탈과 훼손으로 뚜렷하게 각인되고 있다. 이런 현상은 지금에 와서도 크게 다르지 않다.

중세에서 비롯된 이 파괴적인 개념의 끝은 언제일까. 그간 근대화를 표방한 무문별한 개발과 전통문화 멸실 행태는 물론 지금도 신앙이 다르다는 이유로 타 종교문화재를 폄훼하는가 하면 자연경관과 도시 미관을 해치는 도심 속의 반달리즘은 여전히 끊이지 않고 있다.

무심코 버린 쓰레기, 생각 없이 훼손시킨 시설물 그리고 크고 작은 환경오염 행위로 우리는 아무 생각 없이 하루하루 반달리즘의 늪에 깊이 발을 담그고 있는 것은 아닐까.

누군가 저기 고독에 눌려 있다

(···) 이 언덕 저 언덕으로 헛되이 눈길을 옮겨가며/ 남에서 북으로, 해 뜨는 곳에서 해 지는 곳까지/ 이 너른 벌판 곳곳을 살펴보고는/ 나는 중얼거린다 "그 어디에도 행복은 나를 기다리지 않는구나!" (···) // 숲속 나뭇잎이 들판에 떨어지면/ 저녁 바람이 일어 골짜기로 잎새를 휩쓸어 간다/ 그리고 나는, 그 시든 잎사귀와 같으니/ 사나운 폭풍이여 나뭇잎처럼 나도 데려가 다오! - 라마르틴, 「고독」 부분

지금 읽으면 대단히 표피적인 감상 일변도의 서정 토로로 느껴지는 이 작품은 19세기 초만 해도 전혀 새로운 감수성과 충격적인 표현으로 전율과 충격을 받은 독자들이 많았다. 18세기 계몽사상 아래 철학과 비판이 우세하던 시기에는 꿈꿀 수 없었던 낭만적 감성의 대담한 표현이었던 것이다. 그렇게 고독이 일상에 자리 잡게 되었다.

그 후 2세기. 급격한 산업화와 사회변동, 감성의 충격이 거듭되면서 외로움의 강도와 절실성은 높아만 갔다. 19세기 낭만주의 감성 같은 정신적, 형이상학적인 고립감, 고독은 훨씬 현실적으로 실존 깊숙하게 스며들었다. 산업사회, 물질의 득세, 소득 불균형 그리고 인간관계의 단절과 갈등 같은 여러 요인이 고독과 외로움의 강도를 바꾸어 놓

은 셈이다. 특히 우리 사회에서 이런 외로움이 야기하는 정신적, 물질적 손실과 무엇보다도 인명이 희생되는 고독의 위력은 걷잡을 수 없는 심각한 상황에 이르렀다. 복지와 사회안전망이 나름 확충되고 여러 측면에서 대안을 확충하고 있으나 외로움의 위력, 그 후유증의 확산 속도에 비하여 턱없이 늦은 현실이다.

영국에서는 이미 '외로움 담당 장관'을 두어 국가차원에서 고독과의 전쟁, 고독사와 외로움이 야기하는 온갖 개인적, 사회적 손실을 최소화 하는데 힘쓰고 있다 한다. 남의 나라 일, 해외토픽감이 아니다. 우리도 더 늦기 전에 전담 부서를 지정하여 체계적인 콘트롤 타워를 마련해야 하지 않을까. 무엇보다도 중요한 것은 사람과 사람의 관심, 다른 이의 외로움을 나의 고독으로 받아들이고 관심과 공감, 소

통을 구체화하는 의식전환일 것이다. 나와 가족, 친지가 웃고 즐기는
동안 누군가가 소리 없이 고통 속에 삶의 쇠잔을 향한다는 것을 더
명확하게 인식해야 할 이즈음이다.

낙엽을 따라가다
- 제철 가을시 레미 드 구르몽, 「낙엽」

시몬, 나뭇잎이 떨어지는 숲으로 가자.
낙엽은 이끼와 돌 그리고 오솔길을 덮고 있나.

시몬, 낙엽 밟는 소리를 너는 좋아하는가?

낙엽은 부드러운 색깔과 무거운 음정을 지녔지.
이토록 연약한 잔해들로 이루어진 땅 위에 낙엽이 있구나.

시몬, 낙엽 밟는 소리를 너는 좋아하는가?

(……)

낙엽을 밟을 때 거기서 영혼들처럼 울음을 운다.
낙엽은 날갯짓 소리, 여인의 옷자락 소리를 내는구나.

시몬, 낙엽 밟는 소리를 너는 좋아하는가?

오라, 우리도 언젠가 가엾은 낙엽이 되리라
오라, 벌써 밤이 오고 바람이 우리를 데려가는구나.

시몬, 낙엽 밟는 소리를 너는 좋아하는가?

- 레미 드 구르몽, 「낙엽」 전부

이브 몽탕이 부른 샹송 「고엽」과 프랑스어 이름은 같은데 이 시에는 「낙엽」이라는 이름이 붙었다. 청소년 시절 읽었던 추억을 해마다 소환하며 가을이면 생각난다. 레미 드 구르몽은 이름에 붙은 '드' 자가 말해주듯 귀족가문의 후예로 19세기 후반 난해한 상징주의 미학 정립에 골몰한 소설가, 극작가, 수필가, 평론가, 철학자 그리고 시인을 겸한 다재다능한 작가였다. 프랑스 혁명으로 귀족이라는 계층이 공식적으로는 사라졌지만 그 후예들은 저마다의 자부심을 간직하고 상전벽해 극심한 격변으로 점철되는 19세기 사회 속에서 남다른 감성에 젖어 있었다.

굴곡 많은 개인사를 딛고 나지막이 읊조리는 「낙엽」은 소박한 감정이입과 관조의 눈길로 내면에 쌓인 격정과 회한을 부드럽게 녹여낸다. 주로 소리의 감각기능을 중심으로 낙엽과 삶을 동심원에 놓고 가을의 정감, 삶의 허망과 애잔함을 노래하는 이 시를 각별한 느낌으로 읽어본다. 기나긴 팬데믹 터널의 끝자락에 이르렀는지, 알 수 없는 도정의 출발인지 아직은 분간하기 어려운 착잡한 감회를 낙엽에게 토로해 본다.

책 읽는 실버, 토론하는 노년
- 노인들의 낭독모임

예전에는 나이가 들면 모두 온화한 성품이 되어 많은 것을 포기하며 삶과 사회를 조용히 관조하며 내면의 평온을 얻게 되는 줄 알았다. 고등학교 때 선생님들은 지금 생각하니 대부분 40대 중, 후반이셨을텐데 노숙해 보였고 인생을 달관한듯한 표정과 언행으로 기억된다. 그분들의 당시 연세를 훨씬 넘은 지금, 여전히 성숙에 이르지 못했을 뿐더러 공자님이 말씀한 이순耳順의 경지는 아직 멀어 보인다. 이순에 이르려면 천지만물의 이치에 통달하여 듣는 대로 모두 이해하는 경지일텐데 까마득한 일이다.

나이 들어도 부족한 인품과 경륜, 나름의 철학은 독서를 통하여 채우는 길밖에 없을 듯하다. 그런 측면에서 노년에게 독서가 특히 권장된다. 이왕이면 체계적인 독서 그리고 읽기가 끝나면 토론을 통하여 자신의 생각을 정리하면서 같은 책을 읽은 다른 사람들의 다양한 느낌과 생각을 공유하는 일은 유익하다. 독서와 토론을 통하여 인식과 판단이 깊어지고 균형을 유지할 수 있을 뿐더러 특히 노년층의 독서는 자칫 빠질 수 있는 소외와 독단, 고립의 어두운 터널에서 벗어날 수 있는 지름길이 된다는 생각이다.

프랑스 노인 독서토론 모임

잊히지 않는 노인들의 독서토론 풍경이 떠오른다. 몇 년 전 프랑스 파리 근교 발레-오-루 지역 공원 숲속에서 10여 명의 모여 낭독을 듣고 있었다(사진). 편안한 의자에 몸을 눕히거나 제각기 다양한 자세로 천천히 읽어 내려가는 낭독자의 차분한 목소리에 귀를 기울였다. 읽기가 끝나자 각자 느낌과 감상을 소박하지만 열정적으로 피력하면서 토론을 이어갔다. 젊은 시절, 생업에 쫓겨 독서에 소홀했다면서 삶의 경륜이 진하게 묻어나는 낭독과 토론은 두어 시간 이어졌다. 우리 사회에서는 아직 일부 노년층에 국한된 낭독·독서 토론문화가 더 넓게 확산될 때 사회가 우려하는 숱한 노인문제는 상당부분 해결되지 않을까 하는 낙관적인 전망을 해본다.

21세기에는 '리외'가 많아서 다행이다
- 다시 읽는 소설 『페스트』

지중해에 변한 '마그레브 3국'은 알제리, 모로코 그리고 튀니지를 포함한다. 모두 19세기 이후 프랑스의 통치를 받았고 1950~60년대에 독립을 쟁취했다. 아랍어가 공용어지만 프랑스어도 통용되고 이슬람 세력이 강하다는 공통점이 있다. 그중 알제리는 다른 두 나라와 여러 면에서 차이점을 보인다. 특히 독립과정에서 프랑스와 매우 치열한 투쟁을 거쳐 주권을 찾았고 모로코, 튀니지에 비하여 식민지 배국 프랑스에 대하여 비판적인 입장이 강한 편이다. 우리나라도 참관국으로 가입한 프랑스어권 국제기구(O.I.F.)에도 참여하지 않을 뿐만 아니라 국가명칭 알제리민주인민공화국이 시사하듯 좌경중립을 기조로 그동안 제3세계에서 나름의 역할을 자임해 왔으나 근래 세계적인 추세에 따라 온건, 실용주의로 실리추구의 다변화를 모색 중이라 한다.

알제리 제2도시 오랑이 무대가 되었던 알베르 카뮈의 소설 『페스트』가 나온 이후 오랑 시민은 물론 알제리의 반응은 무덤덤했다는데, 코로나 창궐로 소설 『페스트』가 새롭게 주목을 받자 오랑 시민들도 이 작품에 관심을 가지고 읽는 사람이 늘었다는 보도가 있었다. 소설『페스트』발표 70여 년이 지났지만 가공할 만한 코로나의 위협 속에서 자신들의 도시 오랑을 페스트가 휩쓰는 픽션을 읽는 현지인들의 심회는 복잡 미묘하였으리라 짐작하였다. 무대는 소설 속 오랑이라는 특정 공간을 벗어나 전 세계로 확산일로에 있었다.

카뮈, 『페스트』

'페스트는 결코 죽지도, 사라지지도 않을 것이다'라는 대목처럼 위기에 처한 가운데 도시 구성원들이 보였던 다양한 반응과 대응자세가 코로나 시국의 현실을 축약하는 듯하다. 『페스트』의 주인공 의사 리외는 연대감 아래 악에 대항하여 싸우는 정의의 사람들을 표상한다. 오랑시에서의 의인은 그리 많지 않았지만 코로나와 싸웠던, 싸우고 있는 21세기의 리외가 많음에 감사한다. 그러나 뜻하지 않은 재앙에 공포와 위험을 느끼고 헤아릴 수 없는 손실을 감내해야 하는 현실은 더없이 부조리하다. 페스트와 코로나 그리고 수년 전의 메르스, 인간의 행복과 번영을 호시탐탐 위협하는 유·무형의 '악'과 맞서 물리치는 지혜를 찾으며 카뮈의 『페스트』를 찬찬히 읽는다.

제2부

공간

러시아가 본 프랑스를 우리가 보다

- 예르미타시 박물관展, 겨울 궁전에서 온 프랑스 미술

에르마타시 박물관 展

A나라의 예술품이나 문화재를 대여하여 B나라에서 전시하는 것은 통상적인 문화 이벤트의 일환으로 이제 새로울 것이 없다. 물론 그중에는 귀중한 원본, 희귀한 소장품을 빌려주어 전시토록 하는 경우도 있고 지방미술관이나 개인소장품 가운데 그다지 큰 가치가 없는 작품을 작가나 사조의 명성에 힘입어 의미 있는 전시인 듯 홍보하는 사례도 많이 있었다. 그만큼 문화 행사의 외연이 넓어지고 대중의 안목과 감식안이 높아진 시대에 우리는 살고 있다. 명성만으로 사람들이 몰려들던 시기는 지났다. 각종 전문 정보가 넘쳐나고 SNS의 확산으로 웬만한 문화 이벤트로는 만족하지 않는 수준 높은 문화수요자들의 힘은 막강하다.

그런 의미에서 2018년 4월 15일까지 국립중앙박물관에서 열렸던 '예르미타시 박물관展'은 시대의 트렌드와 관객들의 눈높이에 부응하는 동시에 객관적 시각에서 A, B 두 나라의 문화 교섭 역사를 조망하고 지금 우리의 위상을 가늠하는 수준 높은 전시회로 꼽을 만했다. 러시아 미술품도 여러 차례 우리나라에서 전시되었고 프랑스의 경우 시대, 사조, 작가 그리고 관심사별로 숱한 이벤트가 열린 만큼 프랑스에 대한 러시아의 관심과 취향이 집적한 예술품을 우리의 안목과 인식으로 가늠해본다는 취지는 매우 긍정적이기 때문이다.

러시아와 프랑스

전시회의 핵심 화두인 러시아와 프랑스 사이의 활발한 문화 교류는 18세기 계몽주의 시대부터 진전되었다. 물론 그 이전인 루이 14세 치하 17세기에서도 전 유럽에 유포시킨 궁정문화 모델이 특히 러시아 귀족들의 프랑스 모드 수용 열풍으로 이어져 18세기에 이르기까지 하나의 '문화현상'으로 형성되었다.

러시아 황제 중 최초의 서유럽 유학생으로서 러시아를 개혁했던 표트르 대제가 '서유럽을 향한 창문'으로 건설한 도시 상트페테르부르크의 대표적인 건축물인 겨울 궁전은 오늘날 예르미타시 박물관의 일부가 되었다. 표트르의 뒤를 이은 예카테리나 여제 역시 계몽주의에 심취하여 볼테르와 루소의 저작을 즐겨 읽었으며 백과전서파인 디드로, 달랑베르 등과도 서신을 교환했다는 기록은 동시대 러시아 궁정의 프랑스 선호를 보여준다.

이러한 과정에서 프랑스 대혁명 발발과 절대왕정을 무너뜨린 혁명파들의 득세는 유럽식으로 러시아를 개조하려던 예카테리나의 개혁의지를 꺾었다. 1812년 나폴레옹의 러시아 침공은 러시아와 프랑스 사이의 오랜 우의에 또 하나의 변곡점이 된다. 그런데 모스크바에서 패배하고 퇴각하는 프랑스군을 추격하여 파리에 당도한 일부 러시아 젊은 장교들은 거기서 강력한 문화충격을 받았다고 한다. 이런저런 애증의 우여곡절, 라틴과 슬라브족이라는 태생적 편차에도 불구하고 러시아 귀족과 지식인들은 유창한 프랑스어 구사를 으뜸가는 교양과 지성의 척도로 꼽으며 프랑스풍의 문화와 예술을 적극적으로 수용하였고 이와 같은 배경이 19세기 러시아 문화 풍토를 조성하는데 크게 작용하였다.

이러한 교류가 가시적으로, 진취적으로 형성된 분야로 패션 유행과 몸단장을 포함한 의식주 차원의 일상 생활문화와 특히 미술 분야를 꼽는다. 17세기 절대왕정 시기 루이 14세가 전 유럽에 전파한 궁정문화는 그 이후 18, 19세기에 이르는 상당기간 다양한 스타일로 모드의 변화를 주도하였다. 그 영향을 강하게 수용한 러시아 귀족들과는 반대로 농노를 포함한 서민, 하층민들은 여전히 민속의상을 위주로 하는 전통 문화를 유지하였는데 이렇게 생성된 이중적인 문화 패러다임은 이후 소비에트 체제를 경과하면서 새로운 국면으로 접어들게 되었다.

17세기에서 20세기로, 근·현대 감성이 모이다

러시아 궁정 및 뜻있는 수집가들이 모아놓은 작품들에서는 우선 17세기 고전주의의 보편 질서와 안정, 통일성을 보여준다. 베르사유 건물이나 정원의 기하학적 대칭과 균형, 절제의 미학이 화폭과 조각품에 옮겨져 있다. 프랑스 민족 자부심의 근원이며 '위대한 세기'라고 즐겨 지칭하는 고전시대의 매력을 지나면 로코코, 계몽주의가 개화

프랑스와 러시아 우호의 상징인 센 강 알렉상드르 3세 다리

한 18세기로 시간여행에 나선다. 고전주의의 힘 있는 직선 미학을 벗어나 휘어지거나 굽은 형상으로 경쾌하고 우아한 느낌의 로코코 미술에서 자유로운 비판에 불을 붙인 계몽주의 사상이 읽힌다. 중세 후기부터 발흥했으나 왕족, 귀족계급의 위세에 눌려 잠재적이지만 강력한 저항 세력으로 자리잡아온 부르주아들이 목소리를 내면서 1789년 프랑스 대혁명의 기운을 예고하는 18세기 미술에서는 다음 세기에 화려하게 전개될 낭만주의 미술의 전조를 본다. 그 이전 시대와 구별되는 자연관이 그러한데 종전에는 화폭을 포함한 예술장르에서 자연은 대체로 삶의 배경, 휴식 공간, 장식적 개념에 머물러 있었다.

이러한 소극적 개념으로부터 자연은 인간과 감정을 교류하면서 추억을 간직해주는가 하면 새로운 감수성의 원천으로 자리 잡으면서 19세기 화려하게 꽃필 낭만주의 감성의 비옥한 자양분이 될 수 있었다.

예르미타시 박물관展에서 가장 높은 관심을 끈 시기는 역시 인상주의와 그 이후였다. 우리로서는 다른 어느 사조에 비하여 훨씬 친숙하고 많은 정보를 익혔으며 자주 접하는 인상파 미술은 예르미타시 소장품에서도 빛났다. 이 시기 프랑스 미술이 크게 어필할 수 있었던 것은 동시대 러시아 귀족 사회에서는 옷차림과 예술 감상뿐만 아니라 행동방식에 이르기까지 프랑스식을 선호하였던 배경에 힘입고 있다. '프랑스식 모드'는 자연스러운 교류와 수용이라기보다는 정부 정책에 의하여 상류층에서 활발하게 이루어진 결과 러시아문화에서 프랑스문화가 갖는 영향력은 여전히 지대하였다.

이 시기 두 나라의 더없이 가까운 우의를 상징하는 상징적인 조형물이 파리 센 강에 축조된 알렉상드르 3세 다리다. 센 강에서 가장 아름다운 다리로 1896년~1900년에 지어졌는데 1892년 프랑스-러시아 공조를 성사시킨 러시아의 알렉상드르 3세의 이름을 따왔다. 다리의 초석을 내린 사람은 그의 아들 니콜라스 2세였다.

루브르 박물관 러시아 미술 컬렉션展을 기대한다

국제사회에서는 영원한 동지도 영원한 적대관계도 없다는데 17세기 이후 프랑스와 러시아의 문화적 교류와 연대감은 나폴레옹의 러시아 원정 등 특정 시기를 제외하고는 다른 유럽 국가 간의 유대에 비추어 굳세게 지속 되었다. 러시아 혁명 이후 긴박하게 돌아가는 국제 정세 속에서 변전을 거듭한 두 나라 사이의 문화 수용, 문화 접변을 예르미타시 박물관展이라는 의미 있는 문화행사에서 체감할 수 있었다. 다음 기회에는 루브르박물관에 소장된 러시아 미술 작품을 감상할 수 있기를 기대한다.

망우리의 재발견, 열린 기억의 문화

- 망우 역사문화공원과 파리 페르 라 셰즈 묘지

유관순, 안창호, 한용운, 지석영, 장덕수, 김말봉, 강소천, 권진규, 김상용, 이인성, 방정환, 함세덕, 계용묵, 이중섭, 박인환, 김이석 그리고 차중락….

대부분 20세기 전반기 우리 사회에 굵은 족적을 남긴 이 분들의 공통점은 무엇일까. 모두 서울 망우역사문화공원에 안장되어 영면하고 있다. 각기 생몰연도와 애국애족 공헌활동은 다르지만 그리 넓지 않은 묘역에서 조국의 발전과 번영을 바라보고 계실 것이다.

일제강점기 조선총독부는 공동묘지 이외의 공간에 매장을 금하고 서울 동서남북 4곳에 부립 공동묘지를 지정하였다. 그 후 이곳에 매장할 공간이 부족해지자 망우리 일대 75만 평을 매입, 그중 52만평을 묘역으로 조성하였는데 1933년 6월 망우리 공동묘지가 시작되었다.

일제강점기, 해방공간 그리고 6.25전쟁을 거치면서 40년 동안 47,000여 기가 안장되자 포화상태에 이르러 1963년 망우리공동묘지는 역할을 마감하였다. 으스스하고 우울한 느낌을 주던 망우리 공동묘지라는 이름을 망우묘지공원으로 바꾼 것은 1997년이었고

파리 페르 라 셰즈 묘지

1997년에 독립운동가와 예술인 15분의 추모비를 무덤 주변에 세우고 1998년 망우리 공원으로 개칭하였는데 비로소 묘지라는 한정된 기능에서 열린 문화공간으로 확장되는 기틀이 마련되었다.

2013년 서울시 미래유산으로 선정되고 2016년에는 산책길이 조성되어 기억하며 사색과 성찰의 터전이 될 수 있는 근현대인문학의 보고寶庫로 새롭게 출발하였다. 그리하여 전시, 교육, 홍보의 기능을 맡을 중랑망우공간이 2023년 4월 개관하여 역사문화공원으로 새로운 소임을 걸머지게 되었다.

고인을 추모하는 묘지로서의 기능에 더하여 그분들이 남긴 삶의 자취와 업적, 가르침을 온전히 계승하여 미래를 위한 새로운 창조의 바탕으로 삼는 일은 매우 중요하다. 생업에 충실하면서 가정을 튼튼히 지켜온 평범한 시민으로부터 우리 역사를 대문자로 장식한 위대한 애국지사, 걸출한 문화예술인과 사회인사에 이르기까지 고인들의 삶과 업적을 특히 자라나는 세대들이 인상 깊게 새기도록 하는 소중한 기능을 망우역사문화공원이 멋지게 수행하기 바란다. 프랑스 파리 페르 라 셰즈 묘지가 세계적인 문화공간이 되었듯이 망우 역사문화공원이 우리 문화의 다양성을 확장시키는 견인차가 되었으면 한다.

기억하지 않는 자들에게 역사는 아무 것도 가르쳐주지 않는다는 말을 되새기며 망우 역사문화공원이 우리나라 기억문화공간의 새로운 이정표로 발전하기 바란다.

걸으며 생각하고 생각하며 걷는다

- '사색 산책', 어떻게 할까

선 채로 글을 쓴 빅토르 위고

의자에 앉지 않고 선 채로 매일 오전 글을 썼다는 프랑스 시인, 소설가 빅토르 위고의 일화는 유명하다. 1848년 대통령으로 당선된 루이 나폴레옹이 쿠데타로 공화국을 전복, 제2제정을 선포하고 나폴레옹3세로 황제에 오르자 빅토르 위고는 곧바로 망명을 떠났다. 벨기에를 거쳐 영국령 저지, 건지 섬에서 무려 18년을 보내는 동안 작가, 사상가로서 위고의 명성은 굳건해진다. 특히 건지 섬에 자리 잡고 집을 장만한 뒤 유리창 밖으로 아스라이 바라보이는 조국 프랑스를 그리며 책상 앞에 서서 집필한 『레 미제라블』을 비롯한 여러 작품들이 위고문학 연보를 대문자로 장식한다.

망명생활의 불편함, 배신자 나폴레옹 3세를 향한 분노와 적개심 그리고 기약 없는 귀국에 대한 참담한 심정 속에서 꼿꼿이 더러는 비스듬히 책상에 몸을 기대고 써내려간 행간에서 우리는 집념에 찬 한 인간의 의식과 감성이 뿜어내는 광활한 서사시, 심오한 서정의 교향곡을 듣는다.

직립直立의 인간

편안한 자세로 앉거나 누운 채로 공부나 생각, 집필을 할 경우와 서 있는 상태로 행하는 것 중 어느 것이 더 효율적이고 잘 받아들여 져 기억에 남을까. 얼핏 누워있는 것이라고 생각할 수 있는데 실제로 는 반대라고 한다. 공부나 연구, 글쓰기는 선 채로 하는 것이 더 효과 적이라는 연구결과가 있다는데 학교나 기업에서 책상과 의자를 쓰지 않고 수업하거나 회의를 하는 경우를 본다. 익숙한 것으로부터의 결 별이 가져오는 효과는 의외로 큰가 보다. 걸어가면서 암기한 내용이 누운 상태에서 외운 것보다 더욱 오래 머릿속에 남는다.

'걸어야 뇌가 산다'라는 슬로건으로 걷기만 잘해도 20년은 더 산 다고 강조하는 신성대 대표(도서출판 동문선)가 펴낸 『산책의 힘』이라는 흥미로운 책에서 새삼 '산책의 힘'을 눈여겨보았다. 오래전부터 건강 을 위한 걷기의 중요성이 인식되면서 제대로 걷는 법에 관련된 지식 과 정보가 홍수처럼 쏟아지고 있는데 이런 유형의 걷기는 '건강산책' 으로 신성대 선생이 힘주어 이야기하는 '사색산책'과는 구별된다. 재 미있게 읽고 나서 곧바로 실천에 옮기려 나름 노력하고 있는데 이 책 에서 제시하는 '사색산책'의 몇 가지 유의점을 정리해 본다.

사색 산책은 유용하다

중차대한 결심이 필요할 때 산책을 하거나 정처 없이 걷다보면 잡생 각이 걷혀지고 핵심적인 골자만 남아 최종결단에 도움을 얻고 그 결 심이 훨씬 나은 선택이었음을 알게 된다는 것이다. 그리고 다양한 아이디어도 떠오르므로 정신노동을 하는 사람들에게 꼭 필요한 보약이라고 권면한다.

우선 사색산책은 혼자 걸어야 한다. 관심의 분산을 방지하고 상대방을 의식하지 않을뿐더러 방해받지 않으려면 결국 독보행獨步行이 최선일 것이다. 사색을 위한 산책이므로 인적이 드물고 평평한 바닥, 위험하지 않고 경사가 가파르지 않은 코스, 볼거리가 별로 없는 길, 적당히 구부러지고 시야가 트이지 않고 나무들로 가려진 오솔길 같은 코스가 생각을 집중시키는데 좋을 것이다.

그리고 반드시 평소에 다니던 길을 고집하여 가급적 매일 같은 코스를 걸어야 하고 다른 사람들과 자주 부딪치지 않도록 될 수 있으면 조용한 길이 나을 것이다. 일정한 보폭과 속도로 걸으면 내면의 균형이 잘 잡히는데 보다 구체적으로는 시선을 바닥으로 향하면서 자기 발 앞 3~4m 정도에 시선을 두고 걸음을 옮기기를 권장한다.

물론 도심에서도 가능하다. 그러므로 출퇴근 때 가능하면 승용차보다는 대중교통, 도보가 좋을 것이고 넉넉히 시간을 가지고 생각의 주제를 잡아 일정한 걸음으로 또박또박 걷다보면 이윽고 생각이 정리되고 발상과 아이디어가 떠오르기 쉽기 때문이라는 것이다.

소지품 없이 맨손으로 걷는 것이 필요하다. 휴대전화도 들지 말고 호주머니 깊숙이 넣어두도록 당부한다. 건강산책이 아니므로 만보계 앱이 필요하지 않은 까닭이다. 복장은 편하면서 크게 변화를 주지 말고 익숙한 차림이 좋다. 요컨대 모든 것을 무심無心코드에 맞추어 걸어야 사색산책의 목적에 접근하게 된다. 다만 간편한 메모도구는 준비해야 그때그때 떠오르는 생각과 느낌을 기록한다.

건강산책이라면 조금 빠르게 이마에 땀방울이 맺히는 유산소 운동을 권하지만 사색산책은 가급적 느리게, 걸음 자체를 거의 의식하지 못하는 속도로 걷다가 좋은 아이디어가 떠오르면 멈추어 그 생각을 좇아가거나 기록해 둔다. 저자는 이 사색산책의 시간을 대략 30분 정도로 걷는다고 본인의 경험을 피력하는데 새벽이든 한밤중이든 자신의 일정에 따른 시간에 걸어야겠지만 가능하면 하루 가운데 가장 한가한 시간 가급적 오전, 햇살이 따가워지기 전이 좋다고 한다. 오전업무에 쫓겨 겨를이 없는 직장인들이 대부분이겠지만 오전에는 심신의 상태가 오후에 비하여 쾌적하기 때문이라고 한다. 퇴근 후 캄캄한 한밤중의 산책은 어둠에 대해 온 신경, 모든 감각을 집중시켜야 하고 도심이라면 자동차나 가로등 불빛이 의식의 흐름을 방해하여 자칫 깊은 사색으로의 몰입을 방해하는 까닭이다. 사색산책의 여러 요건 중 현실적으로 시간선택, 이 대목을 따르기 가장 어려울 듯하다. 오전시간 온갖 바쁜 업무 스케줄과 스트레스가 몰아치는 가운데 사색산책이 가능할 수 있겠는가 하는 문제인데 결국 자신의 여건에 환경에 맞게 적절한 적응이 필요한 대목이다.

사색산책에 길들여지면 굳이 멀리 나가지 않아도 동네 골목길이나 집 주변, 실내에서도 가능해진다는 것이다. 책상에서 사무를 보거나 글을 쓸 경우 실내에서 뒷짐을 진 채 산책하듯이 왔다 갔다 하면서 또박또박 걷기를 권유한다. 실내 업무 속에서 이루어지는 이런 간헐적인 산책이 잘 단련될 경우 야외걷기에서보다 더 효과적이어서 신선한 아이디어, 또는 유용한 의문이 이어져 나오는 경우도 많을 것이다.

길 위의 철학자 루소, 걸으며 사색하다

추방, 도피로 인하여 생애 대부분을 걸어다녔던 루소, 뛰어난 식물학자가 되었다

이미 이런 모양새의 산책을 하고 있는 분들에게는 앞의 장황한 설명이 무덤덤한 사족이 될 수 있겠으나 이미 18세기 프랑스 사상가이자 작가 장-자크 루소(사진)의 경우를 떠올리며 '산책의 힘'에 대한 예증으로 삼을 만하다. 물론 루소의 경우 생애 많은 기간을 도피생활로 인하여 사색산책처럼 느긋한 속도로 걸을 수는 없었겠지만 18세기 당시 상황과 신산한 삶의 족적을 감안해 볼 때 어느 측면 사색산책의 속성과 효과를 대입시켜도 무방할 것이다. 특히 그의 방대하고 다양한 저술과 사상의 단초는 결국 걸으면서 떠올린 생각과 의식의 흐름에 따른 것이라고 말할 수 있다. 생애 어느 기간 귀족의 보호 속에 안정된 가운데 집필에 몰두할 수 있었지만 루소의 삶에서 의식과 주장이 싹트고 숙

성되는 현장은 많은 부분 방랑의 길, 발걸음에서였다.

시대를 너무 앞서간 주장이 프랑스 혁명 이전 아직 완고한 왕정체제 치하에서는 대단히 위험하고 혹세무민하는 사상을 전파한다는 의심이 들게 하였고 그로 인한 고달픈 방랑의 길에서 루소는 본의 아니게 철학자, 사상가, 저술가 이외에 '식물학자'의 칭호도 얻을 수 있었다. 사색산책에서 원론적으로 제시하는 걷기방법과는 다소 다를 수 있겠지만 기나긴 생애를 시종하여 추방과 도피, 수배와 운둔의 운명 속에 지속된 걸음걸음, 눈에 비친 나무와 풀, 꽃과 온갖 자연물들이 루소의 호기심, 탐구의식과 결합하게 되었다. 그리하여 인류가 이룩한 모든 지식과 정보를 집대성하여 『백과전서』를 간행했던 18세기 후반기 프랑스 계몽주의 백과전서파의 일원으로서 그의 위상을 굳힐 수 있었다. 동시대는 물론 시, 공을 초월하여 다른 작가, 예술가에 비하여 유난히 많이 걸을 수밖에 없었던 루소의 삶, 거기서 형성된 사상과 담론은 세계문학사, 사상사에 그가 남긴 발걸음만큼이나 독특하고 선구적인 자취로 기록되고 있다.

파리 국제기숙사촌

2014년 프랑스 파리 국제기숙사촌 한국관 건립약정 체결, 2016년 한불수교 130주년을 기념하여 기공 그리고 2018년 9월 개관. 대단히 신속하게 진행된 건립과정이지만 거론된 지 수십 년이 지났으니 만시지탄의 느낌도 크다.

1960~70년대 파리 국제기숙사촌에 한국 기숙사를 짓자는 이

파리 국제기숙사촌 한국관

야기가 나왔을 때 당시 군사정부는 국내경제도 어려운데 해외유학생에게 기숙사까지 지어줄 필요가 있느냐며 야박하게 논의를 차단했다니 새삼 우리 국력신장에 감회가 깊다. 그동안 우리 유학생들은 이리저리 떠돌며 다른 나라 기숙사에 빈방이 있을 경우 어렵게 방을 구하거나 그도 여의치 않을 경우 가성비가 떨어지는 파리 시내 또는 교외 원거리 숙소에 살 수밖에 없었다.

파리 14구 주르당 대로 일대 34ha 부지에 40여 개 나라 기숙사가 들어선 이곳 '시테 위니베르시테르'에 막상 대학 캠퍼스는 없다. 시내와 근교 곳곳에 분산된 대학과는 별도로 학생기숙사촌을 조성하여 저렴한 숙소를 제공하는 복지시설로 우리보다 국력이 약했던 동남아, 아프리카 지역에서도 이미 수십 년 전 자국학생을 위해 기숙사를 완공하였다.

외국도시 한 곳에 뒤늦게나마 유학생 기숙사를 건립했다는 단순한 차원을 넘어 파리 국제기숙사촌 한국관 준공은 숙소 이외에 공연장, 음악연습실, 아틀리에, 학습실, 휴게실, 테라스, 공동취사장과 식당, 매점 등 여러 시설을 갖춘 만큼 반세기 동안 신축건물이 없어 노후되어 가는 기숙사촌에 활력을 불어넣고 이즈음 확산일로에 있는 한류를 비롯한 우리문화를 입체적으로 전파할 교두보를 확보한 셈이다.

그래서 교육부와 사학진흥재단이 350억 원을 투자한 이 멋진 공간이 우리 국위를 선양하고 국력을 과시하며 유럽지역 대학가의 랜드마크로 자리 잡기 바란다. 건물 아웃라인 곡선미에서 한국적 아름다움이 드러난다지만 우리 전통 건축양식과 고유한 디자인이 더 강조되어 한국문화를 상징하는 기념비적인 건물이 되었더라면 하는 아쉬움도 함께 든다.

밥 그리고 신토불이

넘쳐나는 건강정보, 의학상식은 도움이 되는 반면 적지 않은 경우 혼란과 갈등을 유발한다. 같은 현상을 놓고도 엇갈리는 주장을 펴는가 하면 체질, 신체상태 그리고 생활습관에 따라 각기 다른 경우를 도외시하고 일괄적으로 단정을 내리기 때문에 이런 혼동은 가중된다. 가령 탄수화물이 몸에 미치는 영향을 알리는 경우 비만을 야기하는 주범으로 해석하기도 하고 인체 밸런스와 영양관리를 위하여 꼭 필요한 필수성분임을 강조하는 기사나 포스팅을 접하게 된다. 인간심리는 대체로 부정적이거나 위험을 알리는 쪽으로 무게를 두며 신뢰하는 편이어서 탄수화물 기피는 가중된다. 쌀 소비 감소→쌀농사 기피→재고 누적→정부지원… 같은 일련의 악순환은 자못 심각하다.

과학적 근거가 정리되지 않은 탄수화물 기피 현상은 우리만의 일이 아닌 듯하다. 프랑스에서 식사 때마다 올라오는 막대기 모양의 빵 '바게트'도 소비감소추세라고 한다. 비만을 두려워하는 인식은 동서양 젊은이들에게 공통으로 각인되는가 보다. 밀가루와 소금, 물 그리고 소량의 이스트로 제조되는 바게트는 우리나라에서도 제조되어 팔리지만 맛과 식감, 보관기일 등 여러 면에서 차별성이 있다. 같은 밀가루

라 하여도 우리가 쓰는 (주로 수입된) 밀가루와 유럽 현지 산 밀가루의 차이는 현존하고 물과 소금의 정밀한 성분 그리고 온도와 습도 같은 기후요소에 따라 풍취가 달라지기 때문이다.

한동안 유행했다가 요즘은 잊혀가는 '신토불이身土不二'라는 어휘가 다시 생각난다. 국내생산 쌀도 재고가 넘쳐나는 마당에 외국산 쌀을 수입할 수밖에 없는 국제교역환경에서 밥만큼은 아직 우리 쌀로 지어먹을 수 있으니 다행이다. 급식소나 저렴한 식당, 막걸리 제조, 과자 등에서는 수입쌀이 쓰인다 하지만 외국산 먹을거리로 대부분 점령당한 우리 식탁에서 쌀, 밥은 우리가 지켜야 할 식생활의 마지막 보루가 되어간다.

하루이틀 시간이 지나 굳어져 먹기에 적절치 않은 바게트를 여러 용도로 활용하는 외국의 지혜는 눈여겨볼 만하다. 동물간식, 푸딩, 수프에 넣어 먹거나 퐁뒤 같은 음식재료로 알뜰하게 활용한다. 우리도 식은 밥을 볶음밥, 죽, 누룽지 등으로 이용하지만 보다 다양한 밥 활용 레시피 개발이 필요하다. 쌀값이 저렴하다고 벼농사를 포기하여 초토화된 다음 터무니없는 가격을 부르는 외국산 수입쌀을 먹어야 할 미래는 두렵다.

중국음식과 프랑스음식

동양권 음식의 종주국으로 중국을 꼽는데 별다른 이견이 없을 것이다. 메뉴와 식자재의 다양함과 긴 역사 그리고 전 세계에 포진한 중국식당의 양적 위압감으로 볼 때 그런 평가가 가능하다. 거기에 3천 몇백 종류가 생산된다는 백주白酒가 결합되면 중국음식의 경쟁력은 더 높아진다. '웍'이라는 주방기구에 재료를 넣고 이런저런 소스와 양념을 더해 높은 화력으로 단시간에 볶아내는 방식이 주류를 이룬다지만 인종과 문화를 넘어서서 선호되는 파급력은 막강하다.

서양으로 넘어오면 프랑스 음식을 꼽는다. 오랜 역사와 고급스러운 이미지 그리고 이 역시 와인과 어우러지는 이른바 '케미'는 프랑스 음식 명성의 한몫을 차지한다. 식당을 지칭하는 '레스토랑'이라는 프랑스 어휘는 '음식물이 체력을 회복시키다. 원기를 돋구다, 먹다'라는 뜻의 동사 '레스토레'에서 유래한 명사인데 주로 궁정이나 귀족 집안에서 일하던 요리사들이 독립하여 간판을 내걸고 영업을 시작하면서 일반화된 만큼 서양요리의 종주국으로 꼽을 만하다. 르네상스 시대 이후 이탈리아 문화를 도입하여 특유의 융합, 발전 능력을 더해 자신의 문화로 끌어들이는 프랑스의 오지랖은 음식 문화에서도 발휘된

프랑스 음식

셈이다.

중국음식점이 지구촌 거의 전부에 자리 잡고 있는 반면 프랑스식당은 수적이나 지명도에서 상대적으로 뒤떨어진다. 이미 곳곳에 포진한 이탈리아식당 그리고 근래 증가 추세에 있는 스페인 음식점에 비하여 숫자가 적다. 파스타나 피자, 리조또 같은 이탈리아 음식은 대중적 이미지에 조리가 간편할 뿐더러 각기 다른 입맛에 보편적으로 적응한다는 강점이 있기 때문일 것이다. 프랑스 대중음식 메뉴인 부이야베스, 코코뱅, 콩피 드 카나르, 뵈프 부르기뇽 그리고 포토푀 같은 음식은 조리시간이 상대적으로 길고 식자재 준비에도 상당한 노력과 신경이 쓰이는 점이 만만치 않다.

한식 세계화가 다른 한류 문화 확산에 비하여 상대적으로 더뎌 보이는 이즈음 한식 진출의 걸림돌은 무엇인지 생각해본다.

지하철 보호석

서울 지하철은 1974년 1호선 이후 지금까지 9호선이 운행되고 있으니 보급 속도가 매우 빠른 셈이다. 세계 최초로 1863년 개통된 런던 지하철은 11개 노선, 파리 지하철(1900년 개통)이 2개의 지선을 포함하여 모두 16개 노선인 것에 비교해 봐도 그렇다.

더구나 정시운행과 운행 관련 첨단 안내시스템 그리고 청결 면에서도 우리나라 전철은 훌륭하다. 물론 수도권 지역과 서울 도심을 연결하는 노선 확충이 아직 미흡하고 일부 노선의 경우 배차 간격, 연결된 차량 숫자가 적어 극심한 출퇴근 교통난의 해소가 당면 과제로 남아있다.

파리 지하철의 경우 악취와 미흡한 청결상태 그리고 수도권을 동서남북으로 연결하는 지역급행 전철 RER노선에서 특히 야간운행시 치안 문제 등이 늘 거론된다. 이런저런 현안에도 불구하고 오랜 지하철 역사는 나름 독특한 문화를 형성하여 이동수단으로서의 기능은 물론이고 해당 지역과 연계되는 스토리를 중심으로 풍성한 이야기 거리를 제공하기도 한다. 300여 개에 이르는 파리 지하철역 이름의 유래와 주변 이야기를 담은 서적이 오래전부터 팔리고 있어 일종

파리 지하철 노약자 보호석 안내판

의 관광자원이 되고 있다.

파리 지하철 열차 내부 벽면에는 큼지막한 안내판이 붙어있었다. 열차마다 지정된 보호석에 앉을 수 있는 사람의 우선순위를 자세히 설명한 내용인데 눈여겨볼 만하다. 동일한 내용의 문장이 프랑스어, 영어, 독일어, 스페인어 그리고 이탈리아어 등 인접국가 언어로 번역되어 있다. 우리나라 전철 경로석에는 대체로 별다른 문구 없이 노인, 장애인, 임신부, 아이를 동반한 사람을 형상화한 픽토그램 4개가 붙어있는데 비하여 무척 자세하다.

"이 4좌석은 다음의 순서로 우선권이 부여됩니다"라는 문장 아래 최상위 우선순위를 전쟁에서 부상당한 상이용사들께 부여한다. 그 다음이 시각장애 민간인과 산업재해 그리고 장애인 순서이다. 세 번째 우선권은 임신한 여성과 4살 미만의 아이를 동반한 사람들이 해당된다. 75세 이상의 노인을 가장 아래 순위로 배정했다.

2차 세계대전이 끝난 지 80년 가까이 되었지만 프랑스는 그 이후에도 크고 작은 전쟁을 치러온 나라여서 상이용사들에 대한 보훈의식과 배려가 남다르다. 그리고 경로석에 앉을 수 있는 노인의 연령을 우리와 달리 75세로 규정한 대목도 눈길을 끈다.

국가나 관련 기관, 단체의 고유 임무로만 생각하기 쉬운 보훈이라는 개념을 일상 속 작은 실천으로 끌어올 수 있는 보호석 지정 문구에서 여러 생각을 깨우쳐 본다. 나름 합리성을 바탕으로 정한 이런 순서를 통하여 보훈의식의 소중함을 생각해 본다.

우리말을 '함함'하게

아는 분이 고슴도치를 구입했다고 자랑하였다. 애완동물의 범위가 오래 전부터 돼지, 악어, 뱀, 곤충 등 종전에 생각지도 못하던 범주로 크게 넓어지면서 고슴도치도 수요가 많아 전문 매장이 성업 중이라 한다. 개나 고양이 같이 살가운 감정교류는 어렵겠지만 기르기 쉽고 특히 귀엽다고 자랑이다. 고슴도치 하면 '고슴도치도 제 새끼는 함함 하다고 한다'라는 말이 이내 떠오른다.

'함함하다'는 부드럽고 윤기 나는 상태를 이르는 우리말인데 젊은 세대에게는 이런 형용사가 생소할지도 모른다. 짧은 표현 속에 깊은 뜻, 곱씹을수록 은근한 매력이 우러나오는 토박이말이 점차 소멸되고 있다. 인터넷상에서 잘못 쓰이는 우리말이 아무런 검증이나 수정 없이 통용되는 마당에 머지않아 잘못된 어법이 그대로 굳어져 표준어로 인식될지도 모른다.

어의없다, 쇠뇌당하다, 호위호식, 2틀, 딸래미, 최류탄, 환골탈퇴, 일치얼짱 등같이 조금씩 또는 상당부분 그릇된 표현들이 무차별 사용되면서 어이없다, 세뇌당하다, 호의호식, 이틀, 딸내미, 최루탄, 환골

탈태, 일취월장을 밀쳐내고 있다. 발음이 쉬운 대로 쓰인다지만 그 정도가 심각하다. 그동안 수없이 전개되었던 우리말 순화 운동과 사회적 경각심이 나날이 드세지는 언어 오용, 훼손 앞에 힘을 잃어가는 이즈음 무엇보다도 국립국어원의 위상과 기능을 대폭 확대하고 강력한 국어순화정책을 폈으면 한다.

프랑스어 보호, 육성기관인 '아카데미 프랑세즈'는 1635년 창설되어 400년 가까이 프랑스어를 다듬고 표준화하고 있다. 회원들은 입회 시 칼을 받는다. 모국어를 지키고 아름답게 순화시키라는 임무를 부여하며 수여하는 칼이 갖는 상징적인 의미를 되새겨본다. 국립국어원에 아카데미 프랑세즈에 견줄만한 임무와 권한을 줄 만하다. 상징적 기관인 원로들의 학술원, 예술원 역할도 이제는 실용적으로 개편할 필요가 있다. 국립국어원 강화, 국어교육 확대, 오염되는 우리말을 지키고 다듬기 위한 현실적이고 강력한 시책이 시급함에도 우리 사회는 소모적인 퇴행성 정치 현안에 휩쓸려 우리말, 우리글의 변질과 훼손, 무분별한 외래어와 국적불명 언어 남용 같은 위태로운 현실에는 눈을 돌릴 겨를이 없어 보인다.

'함함하다'같은 아름답고 정겨운 우리말이 널리 쓰이려면 우선 일상 속에 배어든 거친 단어와 무의미한 표현, 과장되고 뒤틀린 표현들을 걸러내는 자각과 과감한 실천이 뒷받침되어야 하지 않을까.

바가지 상혼에 맞서려면

특정 기간에 휴가 인파가 집중되면서 전국 곳곳에서는 어김없이 '바가지'상혼이 기승을 부리고 피서객들은 모처럼 나선 나들이 길에서 언짢은 기억을 남기고 돌아올 것이다. 여름철 성수기, 어느 정도 소비지출을 염두에 두고 떠났다지만 막상 현지에서 경험하는 터무니없는 가격의 불쾌함, 나아가 모욕감은 올해도 반복된다. 휴가지 상인 단체에서 바가지요금 근절을 위한 자정활동과 자율규제를 한다고는 하지만 '한 철 장사로 일 년을 버티는' 대다수 상인들의 빗나간 욕심으로 이런 전근대적인 악습은 이어진다.

연중 휴가기간 분산을 외쳐오지만 여전히 '7말8초(7월말 팔월초)' 관행은 답습된다. 학생들 방학이 이 기간에 집중되고 직장인들도 예년의 일정을 반복하다보니 한창 더운 날씨에 집을 떠나 고생하며 바가지를 쓰고 불쾌한 추억을 안고 돌아오게 마련이다. 바가지를 포함한 이런 일련의 경험 그 자체를 즐긴다면 별문제겠지만 피서지에서의 탈법, 무법 관행은 개인차원을 떠나 우리 사회의 뿌리 깊은 병리현상으로 정착되었으니 예삿일이 아니다.

'바캉스'라는 개념의 원조 프랑스에서도 여름 한철 휴가인파가 몰리기는 매일반이다. 특히 파리에서 지중해 마르세유로 이어지는 A6 고속도로는 7~8월이면 몸살을 앓는다. 부유한 사람들은 호화스러운 별장에서 요트며 고급 레포츠로 휴가를 즐기겠지만 서민들은 자동차를 몰고 친지집이나 저렴한 숙소, 캠핑장을 이용하면서 알뜰하게 준비한 덕분에 우리처럼 바가지 상혼의 피해에서 어느 정도 비껴가고 있다. 해마다 정초가 돌아오면 올해 바캉스는 어디로 떠날까를 상상하며 그 준비과정을 통하여 나날의 따분한 일상에서 자신만의 위안과 행복을 느끼는 삶은 긍정적이다. 몇 달에 걸쳐 세밀하게 챙겨가며 검소한 휴가계획을 세운 사람들에게 바가지 상혼이 파고들 여지는 그리 많지 않을 것이다. 물 한 병 과일 하나도 알뜰하게 미리 준비하며 지출을 줄여가는 휴가문화로 고질적인 바가지 악습에 맞서야 하지 않을까.

파리 플라주, 여름철 센 강변에 모래를 깔아 휴식공간을 만들었다

공중화장실

　낭만과 자유, 예술의 도시라는 기대를 안고 찾아간 파리의 모습에 많은 관광객들이 실망을 금치 못한다. 일종의 배신감이 느껴지면서 오래 상상하던 나름의 이미지는 여지없이 깨어지곤 한다. 특히 하루 이틀 스쳐가는 관광일정으로 방문하는 패키지 여행객들이 그러한데 어긋난 풍경의 첫 요소는 악취. 특히 소변과 찌든 담배 냄새 등이 복합적으로 풍기는 불쾌한 감각 그리고 길바닥에 널린 담배꽁초와 쓰레기가 그 뒤를 잇는다.

　미화원들이 나름 열심히 청소를 하고 청소차가 물을 뿌리며 거리를 닦아내지만 끊임없이 쌓이는 쓰레기는 고풍스러운 '빛의 도시'를 훼손하는 이단아로 군림하고 있다. 이런 불결한 환경을 만드는 사람들 중에는 물론 파리시민도 있겠지만 단위면적당 관광객 밀도가 세계1위인 만큼 여행자, 타 지역 사람 그리고 사회에 불만을 가진 여러 계층이 섞여 있을 것이다.

　공중화장실(사진)이 시내 곳곳에 설치되었지만 절대량이 부족하고 유료인만큼 근본적인 해결책은 되지 못한다. 이런 상황에서 파리시 당국은 '위리트로투아르'라는 친환경 소변기를 시내 보도 곳곳에 설

파리 공중화장실

　치하였는데 이 조치가 세계적으로 화제가 되었다. 조성된 위치의 적
절성 여부, 더러는 민망스러운 광경을 만들기도 하고 여성용을 설치
하지 않았다는 불평도 높다.

　파리시 당국은 이 보도용 소변기 설치를 밀고 나갈 전망인데 도시
악취를 줄여보려는 고육지책이겠지만 다른 방안은 없었을까 하는 생
각도 든다. 하기야 1880년대 후반 에펠탑을 세울 때 도시미관을 해
친다는 극렬한 반대가 드높았지만 그 후 프랑스, 나아가 유럽의 상징
물이 되었듯이 이 생뚱맞은 보도 소변기도 훗날 파리의 명물이 될지
도 모를 일이다.

출렁다리와 데크, 케이블카

코로나 이전까지 전국 시·군 등 기초지방자치단체는 물론 광역단체들도 앞 다투어 '○○방문의 해'를 설정하여 관광객 유치에 열중하였다. 지자체 홈페이지에도 관광 분야는 눈에 띄게 별도로 만들어 홍보와 수익 창출이라는 전통적인 목표를 위해 나름 열심히 노력한다. 방문의 해를 설정, 외래 관광객을 유치하기 위하여 공통적으로 관내 관광인프라 확충과 홍보 강화, 안내판과 시설물 보완 그리고 음식점과 숙박업소 정비 같은 사업에 힘을 기울인다.

근래 많은 지자체에서 너나없이 이른바 출렁다리를 설치하고 있다. 처음 몇몇 곳에 설치되었을 때는 희소성과 호기심으로 제법 많은 방문객을 모을 수 있었다. 그 후 여기저기서 저마다 더 길고 더 높게 기록 갱신에 치중하여 한국에서 몇 위, 동양에서 몇 위라는 별 의미 없는 자랑거리를 만드느라 애를 쓰곤 한다. 대체로 그만그만한 디자인으로 특색 없는 출렁다리 퍼레이드는 이내 식상함을 자아낼 수밖에 없었는데 스릴을 더한다는 명목으로 흔들림을 강화하거나 바닥을 투명한 재질로 만들어 예산이 더 소요되기도 한다. 출렁다리와 함께 산, 강변, 호수, 해안 주변에 산책용 데크를 만드는 일에도 경쟁적으

프랑스 그르노블 뷜

로 뛰어 들었다. 경관과 지형의 특수성에 따라 자연 상태의 길을 그 대로 보존하는 것이 나을 수도 있는데 풍광이 그럴듯한 위치에는 대 부분 천편일률적인 디자인과 색상의 데크가 놓여 있다.

관광 인프라 경쟁의 가장 고비용 사업은 케이블카 설치인데 여전 히 논란이 계속되는 오색 케이블카를 비롯하여 여러 곳에서 이미 가 설했거나 준비 중이라고 한다. 특히 환경, 생태 차원에서 갈등이 심 화될 수 있고 고려할 사안이 다른 관광인프라에 비해 많은 시설물의 하나이기 때문에 조성과 운영에 더없이 신중할 필요가 있다.

1968년 동계 올림픽이 열렸던 프랑스 동남부 그르노블에서 1934년부터 운행되는 케이블카는 통칭 '뷜'이라는 이름의 명물로 자리 잡았다(사진). 그르노블 바스티유 요새의 역사처럼 난공불락의 이미지를 상징하듯 단단하고 둥근 모양으로 바스티유 요새로 올라가는 케이블카인데 그르노블 시내를 굽어보며 오랜 세월 도시와 주변 지역의 문화를 함께 만들며 실어 나르고 있다. 케이블카가 유용한 관광 수단, 이동수단으로 자리 잡은 외국의 사례를 더 깊이 벤치마킹하여 보다 신중하고 튼튼하게 아름다우면서 그 지역의 스토리를 일구어 가는 매개체가 되었으면 한다.

이제 곧 다시 기지개를 켤 각급 지자체들의 방문의 해에는 여느 집에서 손님을 맞이하듯 있는 그대로 정성을 다해, 깨끗하게 청소하고 진심어린 환대와 이를 통한 재방문 유도라는 관광의 기본원칙에 충실하면 되지 않을까.

베르덩에서 DMZ를 떠올린다

매년 50여 만 명이 프랑스 조그만 도시 베르덩 격전지를 찾는다. 쓸쓸한 유명세. 전쟁의 야만성이 남긴 흔적과 악명이 베르덩의 도시 이미지로 굳어진 듯하다. 그러나 참혹했던 과거를 군이 숨기려 하지 않고 베르덩은 역설적으로 평화의 상징이 되려는 의식적 노력과 표현에 공을 들이고 있다.

1914년 6월 28일 오스트리아 황태자 프란츠 페르난트 대공이 세르비아 저격수에 의하여 사라예보에서 암살된다. 동맹관계를 맺은 유럽 각국은 즉각 전쟁에 돌입하고 8월 3일 독일은 프랑스에 선전포고를 하였다. 영국, 프랑스, 러시아, 벨기에 대 독일, 이탈리아, 오스트리아가 격돌한다. 단기간에 끝날 것으로 예상했던 전쟁은 4년에 걸쳐 전면전이라는 무서운 결과로 이어졌다. 승전국 프랑스는 보불전쟁으로 독일에 빼앗겼던 알자스, 로렌지방을 회복했고 해외 식민지도 늘었지만 상처는 컸다. 베르덩이 그 흔적을 고스란히 간직하고 있는 셈이다.

베르덩은 38곳의 요새와 보루, 성채, 바위 밑 7km 지하도 등 19세기 말 프랑스에서 첫째가는 전쟁 요충지가 되었고 1914~1918년 1차 세계대전 이후 베르덩은 세계 5대 전쟁관광지의 하나로 꼽힌다. 1916년 2월 21일 독일의 가공할 공격에 베르덩 지역 요새 주변은 참극의 현장이 되었다. 빗발치는 포화 속에서 명령은 단 하나 '사수하라'였다. 이후 인근 9개 마을이 지도에서 사라졌고 500,000명이 희생되었다. 그로부터 70년 후 1984년 그 격전의 현장에서 프랑스, 독일의 국가원수가 손을 잡았다. 1987년에는 유엔으로부터 세계 평화, 자유, 인권을 상징하는 조각물을 기증받기도 했다.

베르덩 전쟁기념박물관 포스터

70년간 인간의 발길이 닿지 않았던 우리 DMZ 155마일을 평화생태공원으로 조성한다면 베르덩의 명성쯤은 쉽게 넘어설 수 있으리라는 생각을 해본다.

인명人名을 널리 활용합시다

부산시 기장군 대변大邊초등학교가 용암초등학교로 이름을 바꾸었다. 나라에 바치는 공물을 보관했다는 대동고가 있었던 근처 해변이라는 대동고변포大同庫邊浦에서 유래했다는 의미 있는 이름이지만 어감상 뉘앙스에서 어린 학생들이 상처를 받아온 터라 뒤늦은 감이 있어도 개명은 반가운 일이다. 역사와 전통을 지켜야 한다는 일부 지역주민이나 동문들의 반대도 있었다지만 교육수요자인 학생들의 희망을 감안한 전향적 조치였다. 야동초등(2020년 폐교), 백수초등, 김제동초등학교 등 듣기에 따라 여러 느낌이 드는 교명이 아직 여럿 있지만 우리나라 학교 이름 절대 다수가 유서 깊은 지역 이름에서 유래한 만큼 전통을 이어간다는 측면이 소중하지만 감성사회로 접어든 이즈음 앞으로 학교 이름을 바꾸는 사례는 늘어날 전망이다.

지명에서 연원하는 이름 짓기는 단순하고 그런대로 무난한 까닭에 우리나라 행정동, 법정동 이름이나 길, 광장을 비롯한 숱한 작명의 바탕이 된다. 이런 가운데서도 해군에서는 함정 이름에 인명을 차용하여 명명하는 새로운 문화가 오래전부터 보급되어 있다. 예전에는 충남함, 강원함, 시흥함 같이 광역, 기초자치단체 명칭을 따왔지만 이후 위인이나 애국 인물, 명사들의 이름으로 배 명칭을 붙이고 있어 신선한 느낌을 준다.

이 방면의 선구자인 유럽 여러 나라에서는 길과 광장, 산책로 이름은 물론 기차역, 공항 그리고 대학 이름에 이르기까지 사람 이름이나 역사적 연대기를 붙여 의미를 부여하고 있다. 특히 걸출한 인물들의 이름을 따온 대학 이름은 인상적이다. 프랑스의 경우 디드로 대학(파리), 몽테뉴 대학(보르도), 파스칼 대학(클레르몽-페랑) 등은 나름 지역 연고가 있다지만 수많은 초·중·고 이름은 아무런 관련 없어도 본받을 만한 인물의 이름을 차용하여 학생들의 역사의식과 긍지를 북돋운다.

우리 사회는 왜 사람 이름을 공공기관이나 길 이름에 붙이기를 망설였을까. 충무로, 퇴계로 같이 오래 전 명명한 경우를 제외하고는 그 이후에 새로 정했다 하더라도 보급과 활용은 무척 더딘 편이다. 세종世宗특별자치시는 그런 의미에서 지역명칭 제정의 모범사례가 된다. 앞으로 도시는 물론 각급학교, SOC를 비롯한 공공시설, 공원과 숲 등 여러 층위의 이름에 친근하고 본받을 만한 인물들의 이름이 널리 활용되기 바란다.

길 이름 광장 이름, 고유명사로

제2차 세계대전과 한국전쟁에서 혁혁한 무공을 세운 뒤 전역하여 사회사업에 헌신한 재미동포 김영옥(1919~2005) 대령의 이름을 딴 고속도로 구간이 명명되었다. 미국 캘리포니아 주 오렌지카운티 북서쪽 도시 부에나 파크 5번 고속도로 입구에서 '김영옥 대령 고속도로' 표지판 기공식이 열려 미주 한인 이민사상 처음으로 고속도로 본 구간에 동포 이름이 새겨지게 되었다. 미국의 수없이 많은 도로 중 일부 구간에 이름 하나가 추가된다고 생각할 수 있겠지만 고 김영옥 대령의 삶과 업적에 비추어 뒤늦은 현양의 징표로 여러 감회에 젖게 한다.

2차 대전 영웅으로 비교적 늦은 나이에 재입대, 한국전에 참전한 분이다. 한국인으로는 처음 아시아계 최초의 전투대대장을 맡아 '미국 역사상 최고의 전쟁영웅 16인'으로 선정되는 등 뚜렷한 이름을 남겼다. 우리보다 미국과 세계에서 더 인정하고 존경하는 인물의 이름이 고속도로에 명명되면서 일상 속으로 한 걸음 더 다가온 셈이다.

우리나라의 경우 오래 전 경춘선이 통과하는 춘천 근처 신남新南이라는 작은 역이 김유정金裕貞역으로 이름을 바꾼 것이 흔치 않은 사례에 속한다. 을지로, 충무로, 퇴계로, 우암로 등이 고유명사를 따온

파리 거리 표지판. 빅토르 위고 광장과 빅토르 위고 거리가 교차하는 지점

손꼽을 만한 지명이지만 외국에서는 이미 일상화 되어있다. 프랑스의 경우 숱한 길 이름과 광장 명칭, 기차와 전철역, 공항 그리고 각급학교 이름도 국내외 인사와 지명 그리고 역사상 유무명의 연대기와 갖가지 사연을 간직한 고유명사로 두루 쓰인다. 파리 지하철 1호선에는 미국 32대 대통령 프랭클린 루즈벨트역과 영국왕 조지 5세역이 샹젤리제 거리에 인접해 있다. 드 골, 퐁피두, 미테랑 같은 전직 대통령은 크고 작은 도시 도처에서 단골 이름으로 쓰이고 모차르트, 케네디, 처칠, 스탈린, 가리발디 등 세계 역사상 각 분야 중요 인물들이 길 이름과 광장, 공원, 건물, 공공기관 이름 등으로 통용된다. 한국-프랑스의 유대를 다지는 서울 공원도 파리 불로뉴 숲에 이미 오래전 조성되었다.

우리나라에서 그동안 별로 활용되지 않던 고유명사의 지명 활용이 물꼬를 트면 유사한 요구가 계속 이어져 행정, 재정상 무리한 지출과 시민들의 혼란이 발생할 것이라는 일부 우려도 있을 수 있다. 그러나 민선 8기에 접어들면서 각 지역의 정서, 문화와 역사 그리고 실정에 맞는 적절한 이름 변경은 적극 권장할 일이 아닐까. 인천광역시 남구가 미추홀구로 과감하게 이름을 바꾼 사례는 칭찬할 만하다. 자기지역의 뿌리와 역사를 인식하고 자랑스럽게 통용시키는 것이 문화 시대를 여는 첫걸음으로 여길만하다. 앞으로 이러한 사례가 널리 퍼지면서 선순환을 이루면서 사안별로 엄격한 심의를 거쳐 미래지향적이면서 주민의 자긍심을 높일 수 있는 전향적인 이름으로 바꾸는 것이 문화행정의 소임일 것이다.

조그만 역 이름 '신남'을 '김유정'으로 바꾸었던 저간의 과정이 그리 녹록치 않았지만 이제는 문화의식이 성큼 성장했고 문화마케팅의 가치를 모두 인정하는 시대에 이르렀기 때문에 그 가능성과 효용은 더없이 커 보인다.

지옥고, 하녀방

거대한 도시의 그림자, 화려하고 활기찬 대도시 어디에선가 열악한 주거환경으로 힘들게 살아가는 사람들이 있다. 이즈음 우리 사회에서는 이런 공간을 '지옥고'라는 안타까운 이름으로 부른다. 지하방 옥탑방 그리고 고시원. 열악한 공간에서 고달픈 일상을 영위하는 사람들 특히 이제 사회 문턱에 진입하여 일하고 공부하는 많은 젊은이들이 여기에 거주한다. 이런 주거지를 개선하여 보다 나은 환경에서 젊은 열정과 의지를 사회로 이끌어 들이는 선순환 구조를 조성하는 것이 행정이며 정치의 소임이 아닐까. 우리 정치권은 여전히 당리당략으로 소모적 정쟁에 몰두하고 지자체에서는 표 얻기에 몰두하여 홍보성 사업, 치적과시에 더 큰 관심을 두고 있다.

도시가 비대해지면서 이런 현상은 서양의 경우 이미 19세기부터 발생하였고 우리는 1960년대 근대화, 도시화 붐을 타고 도시 인구유입으로 가속화되었다. 특히 이즈음 청년 1인가구가 급증하는 가운데 경기침체와 구직난이라는 악재가 겹치면서 가중되고 있다.

19세기 중반 이후 대대적인 도시 재정비 작업을 벌인 프랑스 파리는 특히 모든 건물의 증·개축을 극도로 통제하는 등 규제가 엄격하

파리 주택가

여 주택난이 가중되고 있다. 특히 소득이 영세한 젊은이들이 기거할 주거 여건은 우리의 지옥고를 연상시킨다. 통칭 '하녀방'이라고 부르는 지붕 바로 아래 협소한 공간이 대표적인데 통상 7~8층에 위치하고 있지만 엘리베이터는 물론 화장실, 세면공간도 공용인 경우가 많다. 이런 좁디좁은 하녀방도 월세 70만원을 넘어 소득의 상당부분을 집세로 지불한다는 것이다. 침대와 작은 테이블 하나를 놓으면 돌아서기도 어려운 협소한 공간에서 젊은이들은 고단한 하루 일과를 마치고 휴식을 찾는다.

앞으로 우리 사회를 떠받들고 견인할 젊은이들에게 적절한 주거공간을 제공하는 일은 매우 시급하다. 근래 노령층이 거주하는 집에 함께 살도록 주선하는 정책을 편다는데 그런 임시처방이 대안이 될지는 여전히 의문이다,

용도변경으로 감성을 자극한다

- 공간의 변신, 문화공간의 새로운 흐름

오를레앙 철도회사는 파리 시내 더 깊숙이 노선을 진출 시키려 모색하던 중 옛 오르세 궁전 부지를 매입하였다. 1871년 파리코뮌 봉기 당시 파괴된 부지에 역 건물을 짓고 1900년 7월 14일 준공하였다. 오르세 역은 당시 파리에서 가장 아름답고 깨끗한 역사였다. 검은 연기를 뿜어내는 종전의 증기기관차 대신에 공해 없는 첨단 전기 기관차만이 오르세 역을 드나들 특권을 가졌다. 19세기 이후 산업 발전을 이끌던 증기 기관차에 이어 등장한 산뜻한 전기 기관차는 동터오는 20세기 밝은 미래를 약속하는 듯싶었다. 그러나 오르세 역은 나날이 길어지는 열차를 수용하기에 역부족이었다. 당시로서는 대담한 발상의 전환으로 1977년 미술관 건립을 결정하고 1986년 준공하였다.

고대부터 19세기 중반까지를 아우르는 루브르 박물관, 20세기 이후 현대미술 중심의 퐁피두센터와 함께 시대별 미술전시의 3박자를 완성하는 오르세 미술관에서는 인상파를 중심으로 제1차 세계대전까지 대표적인 작품이 집중 전시 되고 있다.

유리 천장의 자연채광 등 이상적인 조건을 갖춘 오르세 미술관의 용도변경, 변신이 보여줬던 1980년대 발상의 전환은 그 후 급속도로

놋그릇 커피

전 세계적인 추세가 되었다. 파리 근교 옛 병기창을 고쳐 화가들의 작
업장으로 쓴다거나 영국 런던 화력 발전소를 개수하여 테이트 모던
미술관으로 바꾸는 등 이후 원형을 최대한 살린 크고 작은 리모델링
의 모범사례가 될 수 있었다.

　특히 극도로 단순한 형태의 표현과 구조를 선호하는 미니멀리즘의
유행은 이런 용도변경 작업은 더욱 확산되었다. 이제는 유명 문화공
간은 물론 지역 소읍 식당, 카페, 상점에 이르기까지 별다른 투자나
공사 없이 새로운 용도로 활용되는 추세는 당분간 지속될 전망이다.
우선 편안하고 정서적 안정감을 주는 공간이 감성사회 트랜드에 부
합되기 때문이다. 경북 김천시 한적한 면소재지, 용도변경 했음직한
허름한 카페가 명소로 자리 잡은 것은 SNS 영향이기도 하지만 커피
를 머그잔이나 1회 용기 대신 놋그릇(사진)에 담아내는 등 상식의 허
를 찌른 감성소구에 힘입은 바 크다.

원조 다문화국가 프랑스의 뿌리는

축구 강국 프랑스 대표팀에서 백인은 몇 명에 불과하고 거의 전부 검은 피부 선수들로 구성되어 있다. 유럽의 중심국 프랑스에 무슨 흑인들이 이리 많은가 대부분 의아해 했다. 20여 년 전 프랑스가 월드컵에서 첫 우승을 차지할 당시 멤버들도 흑인 위주였다. 지네딘 지단, 티에리 앙리같이 걸출한 기량의 이민자 후예 선수들이 사상 최초 우승이라는 영광을 만들었다. 정작 월드컵은 프랑스 사람 쥘 리메가 1930년 창설했지만 프랑스는 1998년에 이르러서야 우승컵을 거머쥘 수 있었다.

진부한 표현이지만 자유와 낭만, 예술의 고장이라는 프랑스 특히 파리를 여행한 사람들이라면 그들이 그려보던 이미지와 다른 정경에 실망을 금치 못하는 경우가 많다. 더구나 하루 이틀 단기간 파리를 보고 가는 패키지 관광 여행자들이라면 더욱 그러할 것이다. 거리에 널브러진 쓰레기와 담배꽁초, 지하철 공간에 배어있는 악취와 퀴퀴한 냄새 그리고 멋지고 세련된 차림새의 파리지앵('파리 사람들'이라는 프랑스어)을 보려나 했더니 온통 유색 인종 행인들이 꾀죄죄한 차림으로 바쁜 듯 스쳐가는 거리를 본다. 마로니에 거리의 낭만은 이런 의외의 정경들로 인하여 사라지고 만다.

다문화 원조국 프랑스는 일찍이 확보한 해외 식민지로 인하여 국민 분포에서 외래인의 비율이 높을 수밖에 없다. 아프리카의 경우 특히 서부지역 20여 개 국이 프랑스 식민지였고 아시아, 남태평양. 아메리카 대륙 등 비록 부분 부분일지언정 5대양 6대주에 걸친 광범위한 과거 식민지 보유는 프랑스 인종 구성에 큰 영향을 끼쳤다. 식민지로부터의 인구 유입이 아니더라도 프랑스가 유럽대륙 한복판에 위치한 지정학적 특성을 감안한다면 동에서 서로, 남에서 북으로 온갖 인종이 오가며 모여드는 교차로여서 다양한 인종 분포는 불가피하였다.

그러나 토종 프랑스인은 여전히 존재한다. 지금의 프랑스 땅에 오래전부터 살았던 골루아 족族, 흔히 갈리아 족이라고 부르는 민족이 그들인데 그리 크지 않은 체구에 재빠르고 수다스러운 언변, 환경 변화에 신속히 적응하는 순응력, 예리하고 거침없는 비판정신과 까칠한 말투를 골 족의 특징으로 꼽기도 한다.

아직 기독교가 전파되기 전이었으므로 드루이드 교를 믿으며 소박한 생활을 영위한 이들의 일상과 감성, 의식은 특히 프랑스 국민 만화로 평가받는 '아스테릭스' 시리즈를 통하여 세밀하게 알려진 바 있다. 르네 고시니와 알베르 우데르조가 함께 만든 이 만화는 만화라는 한정된 범주를 넘어 인문 텍스트로서 전세계에서 애독되고 있다. 영리하고 재빠른 아스테릭스(사진), 행동은 굼뜨지만 우직하고 순수하기 그지없는 친구 오벨릭스가 펼치는 흥미로운 스토리텔링은 프랑스 국민 정체성의 일단을 확인시켜주고 온갖 인종이 섞여 사는 현실에서 민족 자긍심을 확인시키는 소중한 구심점이 되고 있다.

프랑스 국민 캐릭터 아스테릭스

    이런 골 족이 기원전 52년 프랑스 중부 알레지아 평원에서 시저가 이끄는 로마군에 패배하면서 프랑스는 로마제국의 식민지가 되었다. 알레지아 전투에서 분전한 리더 베르생제토릭스는 비록 패전 장수이지만 지금도 프랑스 국민의 영웅으로 추앙받는다. 전쟁에는 졌지만 끝까지 항쟁하여 민족정기를 보여준 베르생제토릭스에 대한 존경은 유럽연합 체제에서 점차 잊히는 국민감정, 프랑스라는 민족 자부심을 일깨우는 유용한 촉매가 되고 있다. 알레지아 전투현장에 높다랗게 세워진 베르생제토릭스 동상은 로마로 압송되어 온갖 모욕과 핍박 속에서도 의연한 자세를 잃지 않았던 골수 프랑스인의 긍지를 상징한다. 모든 이민족, 이 문화를 받아들이며 혼용하여 새로운 문화를 창조하되 자신들의 뿌리를 늘 되새기는 자세는 이미 다문화사회 본궤도에 접어든 우리나라에도 적지 않은 교훈으로 다가올 수 있을 것이다. 화이부동和而不同, 이런 4자성어를 이 대목에서 떠올린다.

제3부

사람

고흐의 삶과 예술을 다시 본다

1985년 조용필 가수의 노래 '킬리만자로의 표범'은 대중가요 가사에 저명한 외국인물 실명이 등장한 희귀한 사례였다. "…이 큰 도시의 복판에 이렇듯 혼자 버려진들 무슨 상관이야. 나보다 더 불행하게 살다간 고흐란 사나이도 있었는데…" 기나긴 독백 속에 잠시 스치듯 등장하는 화가 고흐의 이름은 5분 20초나 걸리는 긴 노래에 강렬한 흡인력을 북돋웠다.

고독과 궁핍 속에서 짧은 삶, 강렬한 아우라를 남긴 빈센트 반 고흐(1853~1890)는 잘 알려진 예술가인 동시에 그간 여러 면에서 왜곡되거나 사실과 차이 나는 일종의 신드롬을 형성하고 있다. 고흐의 발자취를 좇아 유럽 4개국 현장을 답사하고 그의 삶과 예술을 깊숙하게 들여다본 책 『길 위의 빈센트』(홍은표 지음, 인디라이프 발행)는 그런 면에서 흥미롭다.

고흐가 몇 가지 결함을 가졌고 실패를 거듭했어도 더 나아지기 위한 노력을 멈추지 않았던 점, 가난하고 힘없는 보통사람들을 향한 눈길을 거두지 않았던 사실은 세상을 떠난 지 133년이 되는 지금까지 그를 기억하고 애호하는 큰 바탕이 된다. 특히 고흐의 삶과 예술

고흐 마지막 거처 오베르 쉬르 우아즈의 라부 여인숙

은 우리의 연면한 공감대인 '한(恨)'의 정서와 일견 공명하기 때문일 것
이다. 그리고 고흐와 관련한 몇 가지 고정관념에 대해서도 새로운 이
해가 필요한데 가령 '지독히 가난했다'는 평가는 창작을 그 무엇보다
도 우선한 그의 '자발적 궁핍'으로 설명될 수 있고 친구가 없었다는
대목은 어쩔 수 없는 우울을 이기기 위하여 그림에 더 매달렸다는 정
황으로 풀이된다. 정신질환에 관한 이런저런 추론 역시 '잠재적 간질
의 발현'에 따른 고통이 증폭되었을 것이다.

　고흐에 얽힌 과도한 신화와 무분별한 억측을 걷어낸다. 한 예술가
본연의 모습을 그대로 바라보면서 팬데믹을 거치면서 갑갑했던 일상
을 강요당했던 기간, 고흐가 피폐하고 외로웠던 삶을 헤쳐 나간 족적
마디마디에서 공감과 위안을 찾아 볼 수 있었다.

드레퓌스 사건과 우리

19세기 중반 이후 가속화된 과학기술 발달에 힘입어 당시 유럽 여러 나라는 보다 편리해진 삶의 여유와 문명의 혜택을 만끽하고 있었다. 일상의 즐거움은 나날이 커져갔고 프랑스의 경우 이 무렵은 황금시대(벨 에포크)라는 이름을 얻을 정도였다. 파리에서 열리는 만국박람회를 기념하는 조형물로 에펠탑을 세우는가 하면 미국과 서로 원조임을 다투는 영화의 보급도 그즈음이었다.

이런 삶의 열락, 일상 깊숙하게 스며든 물질문명의 안락함에 도취해 있던 가운데 돌출한 것이 이른바 드레퓌스 사건이다. 평화로워 보였던 사회의 일락에 결정적인 일격을 가하면서 프랑스는 온통 갈등과 분열의 소용돌이로 휩쓸려 들어간다. 유태인 출신 알프레드 드레퓌스 대위의 억울함과 군부의 음모를 규탄하는 측과 국가반역죄로 처단함이 옳다는 진영 간의 대립과 공방은 격렬하였다. 우아하고 예의를 갖추어 시작한 모임이나 파티 등에서도 화제가 드레퓌스에 이르면 급기야 편이 완전히 갈라져 폭력이 난무하는 육탄전으로 비화되어 결국 난장판에 이르는 등(사진) 초토화된 국민심성과 대립양상은 황금시대에 어두운 그림자를 남겼다.

드레퓌스 사건 당시 프랑스 사회를 그린 그림, 우아하게 시작한 모임이 난장판으로 끝난다

이 와중에 그 시대 지성인들은 정의와 진실을 밝히며 드레퓌스 대위가 국면전환과 군부 내 갈등을 덮기 위한 희생양이 되고 있음을 천명하는 가열찬 활동에 나섰다. 에밀 졸라를 중심으로 하는 그룹에서는 격렬한 담론과 열정적인 행동으로 진실과 정의 그리고 한 개인의 억울함을 넘어 인간에게 주어진 본질적인 자유는 그 어떤 명분으로도 훼손될 수 없음을 소리높이 외쳤다.

결국 드레퓌스 대위의 무고함이 밝혀지면서 복권이 이루어졌고 자본가와 교회를 비롯한 당시 기득권 사회의 위상은 위축되었다. 가톨릭이 국교였던 프랑스는 20세기 초에 이르러 정교政敎 분리를 선언하기에 이르는 등 기존질서 개편이 이루어졌지만 열렬하고 활동적인 지성그룹의 리더 에밀 졸라는 1902년 자택 굴뚝 연기가 역류하는 의문의 사고로 세상을 떠났다.

역사는 반복하면서 그때마다 새로운 교훈을 일깨워 준다고 했던가. 서양과 동양 그리고 백수십 년이라는 시·공의 격차에도 불구하고 오늘날 우리사회에 '데자뷔'로 어른거리는 분열과 갈등의 징후를 본다. 성숙한 민주사회로 한걸음 더 나아가는 진통이기를 바라면서 모두에게 치명적이고 비생산적인 대립과 반목의 조기종식을 고대한다

타르튀프는 지금도 여전히
- 몰리에르가 그린 인간

파리의 부유한 부르주아 오르공은 용기 있고 지혜로운 사람이었는데 나이가 들면서 아집과 망상, 편견에 사로잡혀 타르튀프라는 인물을 신앙지도자라는 명목으로 집안에 불러들인다. 겉과 속이 완전히 다른 위선자 타르튀프의 행태를 가족 구성원이 알게 되지만 오르공 만이 모르는 가운데 타르튀프의 악행은 나날이 더해간다.

신앙을 앞세워 자신을 포장하고 그럴듯한 언변으로 오르공을 회유하면서 급기야는 안주인에게까지 마수를 뻗친다. 가정이 와해 위기에 처한 가운데 오르공은 타르튀프에게 전 재산을 주기로 하고 자기 딸과의 결혼을 서두른다. 결국 타르튀프의 위선이 드러나고 쫓겨날 상황에서도 타르튀프는 억지와 협박으로 버티지만 오르공의 충성심을 알고 있었던 국왕은 타르튀프를 체포하도록 하고 위기일발의 가정은 평화를 되찾는다.

지참금 없이 딸을 결혼시키려고 노인에게 시집보낼 생각을 할 만큼 오르공은 인색한 아버지다. 자신도 결혼하려 하는데 아들이 사랑하는 여성임을 알고 아들을 증오한다. 극도로 인색한 수전노의 행태는 인간의 인색과 탐욕의 극한을 보여주면서 이런 복선 저런 반전을 거

자신의 희곡 『타르튀프』를 낭독하는 몰리에르

치면서 극은 해피앤딩으로 끝난다.

　1622년에 태어난 프랑스 희곡작가이자 배우, 연출가인 몰리에르가 쓴 『타르튀프』를 비롯한 여러 작품들은 지금도 파리 코미디 프랑세즈 극장에서 공연 중이다. 이런 생명력의 바탕에는 '인간성'에 대한 몰리에르의 믿음이 여전히 설득력을 얻고 있기 때문일 것이다. 그는 인간성은 선한 것으로 간주한다. 인간의 본성을 억누르고, 추악한 가면을 쓰거나 우스꽝스럽게 변형하는 것 모두 올바른 삶과 인간관계를 거스르는 일이라고 작품 하나하나를 통하여 역설한다.

　몰리에르 시대로부터 4세기가 흘렀다. 시간과 공간은 변했지만 그가 창조한 여러 인간상은 지금도 여전히 살아 숨쉰다. 특히 아둔한 인색함, 위선의 탈을 쓰고 버젓이 군림하는 이중인간, 사람과의 교류를 회피하는 인간 혐오자들을 무대에서 보면서 관객들은 웃는 동안 왜곡된 인간성과 악의 현존을 실감한다. 코미디를 통하여 인간성이

지향할 바를 스스로 깨우치게 하는 몰리에르 연극은 그래서 여전히
공감대를 넓히고 있다.

이렇게 치열한 글쓰기 자세

- 『마담 보바리』 작가 플로베르 탄생 200주년

보바리, 보봐리

한글은 각국 언어 현지발음을 가장 원음에 가깝게 표기할 수 있다는 측면에서 거의 세계정상급일 듯싶다. 특히 원음과 너무 동떨어진 발음으로 표기하는 중국어, 일본어와 비교할 때 탁월함은 더욱 두드러진다. 이런 한글체제에서 알파벳 f와 p음, 그리고 b와 v를 적을 때는 그 변별력이 다소 퇴보하는 듯하다. 두 입술을 열어 발음하는 양순음과 윗니로 아래 입술을 치고 나오는 순치음의 차이를 구분하여 표현하기 어렵기 때문이다. 예를 들어 소설 제목 '마담 보바리'(Bovary)는 b음과 v음을 모두 ㅂ으로 쓴다. 그래서 어떤 이들은 이 둘을 구분하기 위해 '보봐리'로 적기도 하는데 호응도는 적은 편이다. 그 '마담 보바리'의 작가 귀스타브 플로베르 탄생 200주년을 지나며 그가 남긴 이런저런 기여를 살펴본다.

보바리슴

문학이나 소설에 별 관심이 없는 사람들도 『마담 보바리』라는 소설 이름과 대략적인 줄거리는 알고 있을 수 있다. 이른바 세계명작이 대체로 그렇듯이 작품의 지명도나 담긴 메시지에 비하여 막상 작품을 꼼꼼하게 읽어본 경우는 그리 많지 않듯 이 작품도 통속적인 줄거리나 주인공의 비극적 운명 그리고 19세기 프랑스 사회를 묘사한 작가의 리얼리즘 수법 등은 널리 알려졌다. 환상과 꿈에 충만한 여인이 환경과 권태스러운 일상에 불만을 품고 일탈행각을 벌이다가 죽음으로 삶을 마감한다는 줄거리는 그다지 새로운 것이 없다. 있는 그대로의 현실을 마주하지 않고 꿈과 환상을 좇아 스스로를 분수이상의 존재로 여기는 마담 보바리의 심리상태를 지칭하는 용어, 보바리슴은 현대사회 의식구조에서 더욱 두드러진다. 정확하고 객관적인 관찰과 작가의 주관, 감정이입을 배제한 플로베르의 글쓰기 역량은 그래서 주목받는다.

끝없이 고치기, 무한정 다듬기

사실주의 소설의 정점에 이르렀다는 문학사적 평가와 함께 집요하고 철저했던 플로베르의 창작노력이 지금 SNS문화에 던지는 교훈은 의미 깊다. 한 줄의 문장, 단어 하나, 마침표와 쉼표 같은 철자기호에 이르기까지 완벽한 문장을 만들기 위해 플로베르가 기울인 초인적인 집념은 놀랍다. 한 구절을 붙들고 일주일, 한 달을 씨름한 우직한 글쓰기 자세는 쉽게 쓰고 쉽게 보내고 쉽게 받아들이는 이즈음 사이버시대에 더욱 희귀한 미덕이 되기 때문이다.

돌아오는 부메랑, 돌아오지 않는 부메랑

부메랑

프랑스 배우 알랭 들롱(1935년생)이 40대 초반 왕성한 활동을 하던 시기 출연한 영화 「부메랑」(원제: 「부메랑처럼」)은 기억에 오래 남는 작품이다. 알랭 들롱이 주연, 공동제작은 물론 각본에도 참여했으니 이 영화에 쏟은 관심과 열정을 짐작할 만하다. 곤경에 처한 아들을 구하기 위한 아버지의 헌신적인 희생, 자신이 쌓아올린 모든 명예와 재산을 내던지고 자식을 위해 막다른 길로 돌진하는 아버지의 맹목적 집념을 그린다. 과거 갱단의 보스였던 알랭 들롱이 오발로 인해 경관을 살해한 아들이 처한 곤경 앞에서 다시 예전 동료들을 규합, 아들을 구하려는 무모한 시도를 펼친다. 그러나 예전 어두운 과거의 흔적이 다시 자신을 향하는 상황에 처하는 대목에서 부메랑이라는 제목을 낳았다.

부메랑은 무기나 사냥도구, 장난감으로 쓰이는데 던지면 다시 돌아오는 부메랑이 대다수 사람들이 알고 있는 상식이지만 돌아오지 않는 부메랑도 실제로 있다는 것을 새로 알게 되었다. 던진 다음 다시 돌아온다는 속성으로 인간사회 여러 현상이나 인과관계를 설명하는 데 자주 쓰이는 부메랑이지만 돌아오지 않는 부메랑도 있다니 그 흔적과 업보는 어디에서 찾아야 할까.

미국과 함께 영화 발상지라는 자부심이 드높은 프랑스 영화는 할리웃 영화의 어마어마한 물량 투여와 스케일과는 또 다른 측면에서 나름의 전통을 지켜온다. 권선징악의 대규모 블록버스터, 정교한 컴퓨터 그래픽 화면에 익숙한 관객들로서는 프랑스 영화가 밋밋하고 재미없다는 반응이 나올 만하다. 심리분석과 내면 깊숙한 곳에 자리 잡은 근원적인 본능을 집요하게 파헤치는 카메라 시선은 그래서 지루할 수 있다. 애정심리, 일확천금을 노리는 암흑가 인물들 그리고 우스꽝스러운 인간 욕망을 풍자하는 코미디 같은 장르에 오랜 전통을 쌓아온 프랑스 영화는 인간의 이런 잠재의식을 집요하게 파고들면서 인간탐구라는 프랑스 예술의 맥락을 이어받는다.

영화 「부메랑」 줄거리를 떠올리니 이즈음 우리 사회의 어수선한 여러 현상 특히 시계視界 제로에서 맴도는 정치권의 어수선한 이합집산이 겹쳐 보인다. 과거 자신의 발언이 고스란히 되돌아와 발목을 잡히는 경우가 대부분이지만 돌아오지 않는 부메랑을 기대하고 일단 던지고 보자는 무책임한 언행들도 난무하고 있다. 정치는 다른 분야에 비해 인과因果의 속성이 강조된다지만 돌아오는 부메랑과 돌아오지 않는 부메랑이 온통 뒤섞여 여기저기 대기를 가르며 산만하게 날아다니는 형국이다.

리플리 증후군, 태양은 가득히, 알랭 들롱

여름이면 생각나는 영화, 「태양은 가득히」. 원제 'Plein soleil'를 번역하면 '가득한 태양'이니 영화 제목이 오히려 멋지다. 1960년 작품인데 당시 신인이었던 알랭 들롱의 출세작으로 이 영화를 통하여 일약 스타덤에 올랐고 그밖에 이런 저런 사연으로 영화사에 남는 작품으로 꼽힌다.

이 영화의 주역은 모리스 로네, 마리 라포네와 알랭 들롱 3명이지만 포스터에는 알랭 들롱이 클로즈업 된다(사진). 주관적인 판단인지는 몰라도 전 세계 남자배우 가운데 가장 준수한 용모를 꼽으라면 단연 알랭 들롱이 선택되지 않을까. 파리 근교 출신이지만 엄밀히 볼 때 들롱은 전형적인 프랑스 남성상과는 거리가 있다. 그리 크지 않은 키에 금발, 푸른 눈 그리고 표정이 풍부한 얼굴에 다소 수다스러워 보이는 인상이 프랑스 남성의 표상이라면 가령 장-폴 벨몽도 같은 배우가 여기에 속한다. 그리스 조각처럼 깎은 듯 수려하고 우수와 고뇌에 찬 표정, 차가운 도시 이미지의 알랭 들롱은 다양한 작품 출연에도 불구하고 상복은 그다지 없었다. 공로상이 주요 수상 분야였는데 출중한 외모로 인하여 연기력 평가가 제대로 되지 않았다는 측면

알랭 들롱, 「태양은 가득히」 포스터

도 있었겠다. 1990년대 후반 미국 할리우드 거대 지본에 의해 제작, 배급 환경이 변모하자 종주국 프랑스 영화의 죽음이 선언되기도 하였다.

「태양은 가득히」 주인공 톰 리플리의 의식과 행태를 지칭하여 '리플리 증후군'이라는 용어도 생겼으니 사회사, 심리적 차원을 보태면 이래저래 여러 각도에서 거론되는 영화로 기억된다. 자신이 만든 허구를 사실로 믿고 거짓된 언행을 되풀이 하는 인격 장애를 지칭하는 리플리 증후군은 1955년 미국 소설 『재능 있는 리플리씨』 이후 시리즈로 집필되었는데 그 이후 현대사회의 전형적인 반사회적 심리상태를 지칭하는 전거가 되었다. 욕망과 현실의 간극을 교묘한 거짓말로 덮어가면서 결국 그 거짓을 진실이라고 믿어버리는 증상은 바로 지금 우리 사회에서도 크고 작은 사건과 물의를 유발하고 있지 않은가.

친구를 죽이고 그 신분으로 승승장구 삶을 향유하다가 시신이 발견되면서 종말을 고하게 되는 이 픽션은 소설과 영화가 나온 이후 60여 년 간 거듭 더 극적인 현실로 반복 재현되고 있다. 영화 마지막 장면, 알랭 들롱의 처연하면서도 강렬한 눈빛만큼 「태양은 가득히」의 여운은 시공을 넘어 지속되고 있다.

욕설을 예술로, 분노를 노래로

- 펜으로 쿠데타를 질타한 빅토르 위고

누군가에게 퍼붓는 욕설, 증오, 원망, 저주 같은 불편한 심기의 표현이 총 6,000행이 넘는 한권의 시집이 되었다. 여느 사람 같으면 두어마디 직설적인 욕을 내뱉고 나면 더 이상 던질 후속타가 없을 법도 한데 『레 미제라블』『웃는 남자』 등으로 널리 알려진 빅토르 위고의 경우 타고난 표현력을 바탕으로 입담과 상상, 해박한 지식 그리고 이런 요소들을 시로 만들어주는 리듬감이 더해져 전 세계적으로 희귀한 풍자시집 『징벌시집』(1853)이 탄생하였다. 모욕과 저주의 대상이 막강한 권력을 지닌 프랑스 황제였음을 감안할 때 위고의 담대함과 저돌성은 대단하다. 개인적인 원한이나 불만도 포함되었겠지만 공박의 주된 이유는 황제 나폴레옹 3세의 민주주의 파괴와 권력찬탈 그리고 국민과의 약속 파기 같은 공적인 측면이었으므로 이 시집의 의미는 남다르다. 1848년 프랑스 제2공화국 대통령 선거에 출마하여 당선된 지 3년 뒤 무력을 동원, 헌법을 파기하여 공화제를 무너뜨리고 제정을 선포하여 황제가 된 나폴레옹 3세는 그런 연유로 위고로부터 조롱과 멸시의 대상이 되었다. 1870년 프러시아-프랑스 전쟁에서 프랑스가 패배하여 퇴위할 때 까지 두 사람은 강대강 대치국면을 이루었다.

위고는 1851년 쿠데타가 일어나자 곧바로 벨기에를 거쳐 영국령 저지, 건지 섬에 정착하여 그로부터 18년 동안 신산한 망명생활을 보낸다. 척박한 섬, 아득히 프랑스가 바라보이는 서재에서 작품을 쓸 때 그의 머릿속을 스쳐간 여러 구상과 모티브가 왕성한 집필력에 힘입어 불후의 명작으로 남게 되었다.

보나파르트 나폴레옹의 제1제정을 흉내 내려고 애쓰는 제2제정 구성원을 조롱한다. 상원의원을 돼지, 군인들은 늑대 그리고 나폴레옹 3세를 앵무새, 원숭이로 풍자하면서 신랄한 비판은 끊임없이 이어진다. 풍자와 암시, 비유와 상징이 끊임없이 등장하면서 나폴레옹 3세와 그를 추종하는 무리들에 대한 조소와 질타는 점증한다.

프랑스인이여! 이 짐승은 어떤 하수구에서 나왔는가/ 카르투슈의 독수리와 로욜라의 독수리는/ 부리에 피가 묻어 있다./ 프랑스인이여, 그러나 그 독수리가 당신의 것이다./ 나는 산을 다시 정복한다. 나는 오직 독수리와 함께 간다.

시집은 「밤」이라는 작품으로 시작하지만 마지막 「빛」으로 끝난다. 백성이 주인이 되는 민주공화제의 도래를 확신하며 일깨우는 위고는 개인적 원한과 분노 표출에만 매달리지 않고, 반항을 부추기지만 보복은 멀리한다. 이런 강력한 역설과 풍자가 가능했던 것은 결국 그의 에너지와 의지, 끈기 같은 개성에 힘입은 바 크다. 굴곡 많은 정치적

문학적 역정에도 불구하고, 자유가 승리하고 제정이 몰락하리라는 진보를 향한 낙관적 믿음은 한 치의 흔들림도 없었다.

어째서 그대는 어둠 속에서 잠자고 있는가?/ 자고 있을 때가 아니다. …/ 그대 현관 앞에 자칼이 들어서고 있다./ 쥐새끼들과 족제비들도.…/ 그들이 그대를 그대의 관속에서 물어뜯고 있다!// 라자로여, 라자로여, 라자로여/ 일어나라.

이즈음 팍팍한 사회정서는 불만과 증오, 서운함을 곧장 과장된 언어폭력이나 행동으로 비약시키곤 한다. 정치권도 자신의 허물을 들여다보기에 앞서 우선 상대 탓으로 돌리기에 바쁘다. 이런 현실 앞에서 인내하기 어려운 분노와 증오가 퇴행적인 앙갚음에 머물지 않고 밝고 건강한 낙관론과 자신감을 상기하며 마침내 「빛」이라는 대승적 관조의 경지로 이끌어 가는 지혜와 경륜을 오래된 위고 시집 행간에서 찾아본다.

'사형제도 존폐 논쟁' 다시 가열될까

마크롱 대통령의 사형제도 폐지 언급

몇 년 전 프랑스를 국빈방문한 문재인 전 대통령과 마크롱 대통령의 정상회담이 끝나고 공동기자회견에서 마크롱 대통령은 모두冒頭 발언을 통하여 "(…) 무엇보다도 대통령님께 경의를 표하려 합니다. (…) 젊은 투사로서, 변호사로서 1980년대 이후 많은 노력을 하셨고 또한 정치인으로서 그동안 많은 헌신적인 참여를 해오셨습니다. 그리고 현재는 한국에서 사형제도를 공식적으로 폐지하기 위해 심사숙고를 하고 계신 것으로 알고 있습니다. 이것은 저희에게 굉장히 중요한 투쟁입니다. 다시 한 번 무조건적인 프랑스의 지지를 표하는 바입니다."라는 발언을 했다는 뉴스가 있었다. 이와 관련한 후속보도나 해설은 그리 눈에 띄지 않았지만 한동안 수면 밑으로 잠복하였던 사형제도 존폐논쟁이 다시 재 점화될 수 있겠다.

우리 사회에서 지금까지 통일된 공감대를 형성하지 못하고 제각기 다른 견해의 편차가 상존하는 현안이 다시금 새롭게 부상하게 될 듯하다. 이 의제는 오래전 16대 국회 이후 해묵은 과제로 넘어오곤 했는데 그만큼 의견대립이 첨예하여 합일점을 찾기 쉽지 않은 아젠다의 하나로 자리 잡고 있다. 16대 국회에서 시작하여 21대 국회에 이르러서도 다른 의안에 밀려나 있고 국민 사이에서 의견대립이 팽팽한 난제의 하나인 만큼 정치권에서는 선뜻 앞장서지 않고 있다. 16대 국회 중반까지 나름 활발한 토론과 연구, 의견수렴 과정을 거쳐 의원입법 등을 통하여 가시적인 성과가 드러날 듯 했다. 그러나 우리 국회의 고질적 악습인 소모적 정쟁과 여야 당리당략이 결려있는 다른 사안에 묻혀 흐지부지 되어버렸다. 표를 의식한 정치권이 여론이 엇갈리는 사안에 선뜻 손을 대려하지 않기 때문이다.

사형제도 존폐 논쟁, 언제까지 미룰까

오랫동안 우리 사회에서 사형제도는 사회정의 확립차원에서 그리고 강력범죄 예방을 위한 제도적 장치로 필요하다는 데 인식을 함께 해왔다. 실제로 1990년대까지 우리나라에서 사형집행이 이루어졌다. 그러나 법의 이름 아래 다시 사람을 죽이는 것이 본질적 인권 차원에서나 실질적인 효과 면에서 실효가 있는가에 대한 문제제기가 확산되면서 사형제도 존폐문제는 그 이후 큰 관심 속에서 여러 차원의 담론과 논쟁을 이끌어 냈다.

사형제도가 존속되면 그 응징효과에 대한 두려움으로 범죄가 감소, 예방될 것이라는 주장은 오랜 세월 설득력을 얻어왔다. 반면 사형제도 폐지를 주장하는 측에서는 이 논리가 실질적으로 큰 실효가 없다고 강조한다. 우리나라에서도 사형제도가 존속하지만 흉악범죄는 여전히 발생하고 나날이 흉폭해진다는 것이다. 그동안 사형제도

빅토르 위고가 그린 사형수

를 폐지한 국가에서는 오히려 소폭이나마 범죄 발생이 줄고 있다는 통계를 내세우기도 하지만 존치를 주장하는 진영에서는 마지막 범죄 경고장치인 사형제 폐지가 몰고 올 후폭풍과 더욱 거세어질 범죄의 악순환을 우려한다.

이제는 더 이상 미루지 말고 사회적인 공감대 도출과 철저한 연구와 제도적 보완을 통하여 이 문제에 대해 결론을 낼 시점에 이르지 않았을까. 전 국민의 완벽한 합의는 원천적으로 불가능하겠지만 다수의 공감과 전문연구가의 분석은 필수적이다.

빅토르 위고의 제언

이 문제에 관심이 많은 프랑스의 경우 역시 특히 19세기 전반기 이후 사형제도 존폐에 대하여 전 국가적인 의견대립과 갈등, 시행착오를 겪은 후 20세기에 들어서야 폐지를 입법화하였다. 1829년 프랑스 작가 빅토르 위고가 발표한 1인칭 독백형식의 작품 『사형수 최후의 날』에서는 사형제도에 대한 방법적 반박을 통하여 나름 설득력 있는 주장을 펼쳐 보였다. 전 세계적으로 사형제도 찬반에 대한 다양한 담론, 작품 등이 허다하지만 『사형수 최후의 날』에 담긴 치밀한 논리와 구성, 설득의 기술 그리고 공감을 유도하는 호소력은 돋보인다. 이 작품의 의도를 결론적으로 이야기하면 위험한 인물은 투옥으로 충분하며 사회는 생명을 빼앗을 권리도 그 실익도 없다는 것이다. 사회 구성원 일부를 범죄의 나락으로 몰아넣는 환경을 조성해 놓고 과오를 범한 범죄자를 죽음에 처한다 해도 별 의미가 없다는 것이다. 위험한 범죄자로부터 사회를 보호하려면 감옥이면 충분하다는 것이 빅토르 위고의 지론이다. 반면에 사형제 유지론자들은 이 제도를 폐지한다면 무기징역 또는 20~15년형 등으로 경감되어 얼마 안 있어 다시 사회로 복귀, 더 큰 범죄를 저지를 개연성이 있으므로 이를 미연에 방지하려면 사형이 차선의 방법이라는 것이다. 위고는 이 경우에 대비하여 '일체의 감형이 없는 종신형'을 명시하고 사회에서 영원히 격리하되 목숨을 빼앗지는 말자는 것이다. 아울러 형기를 마치고 출소한 사람들에게 사회는 얼마나 아량을 베풀고 재활과 사회적응을 위해 격려했는가 반문하면서 명작 『레 미제라블』의 주인공 장 발장의 선행을 통하여 선순환 구조의 정점을 보여주었다.

이제는 풀어야 할 과제

사회 다른 여러 분야의 놀랄 만한 소통, 진보와 발전 추세에 비추어 볼 때 우리의 사형제도 찬반담론의 이론적 논거는 아쉽게도 아직 19세기 프랑스 사회에서 제기된 양측의 주장 수준을 크게 넘어서지 못하고 있는 듯하다. 이제는 우리가 해결해야 할 과제가 이제 수면 위로 올라오고 있다는 생각이 든다.

패배한 프랑스 국민영웅 베르생제토릭스

프랑스인들의 조상 골 족 우두머리였던 베르생제토릭스(사진)의 삶과 죽음은 국민감정, 민족의 뿌리를 향한 각성 등의 맥락으로 연역된다. 특히 유럽연합 체제에서 자칫 희석되기 쉬운 국민결집, 민족 자존감의 표상으로 나폴레옹, 드 골 같은 인물과 나란히 자리 잡고 있다.

패배하였으나 영웅으로 숭앙받는 골 족 지도자 베르생제토릭스

시저가 이끄는 로마군에 대항하여 분전하였으나 결국 기원전 52년 프랑스 중부 알레지아에서 패배한 베르생제토릭스는 로마로 압송되

어 굴욕적인 여생을 보내다가 이용가치가 없어지자 죽음에 처해졌다. 역사를 통하여 프랑스가 전쟁에서 이긴 경우는 그리 많지 않다. 17세기 루이 14세 치하의 무리한 대외전쟁, 나폴레옹의 원정 같은 일부 경우를 제외하고는 프랑스에서는 일찌감치 백기를 내걸고 투항한 사례가 적지 않다. 이런 연유로 전쟁의 참화를 줄이고 문화재를 지켜낼 수 있었다지만 패배한 인물을 영웅시하는 저변에서 결과보다 과정을 중요하게 여기는 철학의 맥락이 읽힌다.

승자 위주, 승자 독식의 역사관과 서술에서는 모든 평가와 의미 부여를 이긴 자에게 몰아주고 그로 인한 왜곡과 폄하의 폐해는 크다. 우선 신라와 백제의 경우만 해도 그러한데 새로운 역사관의 정립이 필요한 이즈음, 프랑스가 국수주의 부활을 경계하는 목소리 속에서도 베르생제토릭스를 높이 평가하는 저간의 과정을 살펴볼 만하다.

어린이를 바라보는 사랑의 눈길
- 경기도 양주시 놀이동산 '두리랜드'

어린아이가 나타나면 빙 둘러 앉은 가족들은
크게 소리 내어 박수를 친다. 부드럽게 반짝이는 아이의 눈길은
모든 이의 눈을 빛나게 한다
세상에서 제일 슬프고 가장 깊게 패였을 이마 주름살도
천진하고 기뻐하는 아이가
나타나는 걸 보면 대번에 펴지는구나.
- 빅토르 위고, 「아이가 나타나면」 부분

자고 있는 아기 얼굴을 들여다본다. 옹알이를 하며 손발을 꼼지락
거리다가 뜬금없이 울음을 터뜨리는 모습을 보면 생명의 신비, 외경
을 느낀다. 그러다가 아기가 살아갈 앞으로의 세상, 인간과의 부대낌
에 생각이 미친다. 그것도 잠시 어린아이, 특히 더구나 스스로 걸어
다니기 전 즈음의 얼굴과 표정, 몸동작을 바라보면 꾸밈없이 순수한
모습에 마음이 정화되고 장차 밝고 훌륭하게 성장할 모습이 그려져
희망이 차오른다.

위의 시를 쓴 빅토르 위고는 특히 어린이를 사랑했던 작가였다. 필
생의 문학적, 철학적 신념이었던 인도주의, 박애사상은 어린이를 통

하여서도 구체적 실물감으로 나타난다. 『레 미제라블』에서 불쌍한 아이 코제트를 향한 장 발장의 헌신적인 사랑은 불멸의 부성애로 그려진다. 그러다가 위고 생애 후반에 이르면 그의 어린이 사랑은 자신의 친손주들에게로 쏠린다. 아내가 먼저 세상을 떠나고 아들 샤를도 죽게 되자 강박관념 같은 보호본능, 무조건적인 애정이 가중되었다. 두 손주를 향하여 쏟는 할아버지의 사랑은 『할아버지 노릇 하는 법』이라는 시집에 촘촘히 그려져 있다. 위고의 어린이 사랑은 중요한 문학적 주제를 이루었던 초, 중기 무조건적인 절대긍정에 자신의 사후에 남게 될 손주들을 걱정하는 할아버지의 근심이 덧입혀지면서 시각이 다소 제한적이 되었을지라도 인간적인 호흡과 절절함이 느껴진다.

어린이들을 향한 무상의 사랑과 긍정의 눈길, 배려는 보다 성숙한 휴머니즘을 구현한다. 어린이들이 뛰노는 모습을 바라만 보아도 마냥 흐뭇하고 즐겁다면 삶의 어려움, 일상의 스트레스는 이내 사라지지 않을까. 이런 마음으로 30여 년간 경기도 양주시에서 놀이동산 '두리랜드'를 운영하는 탤런트 임채무 선생의 어린이 사랑은 예사롭지 않다. 이미 숱하게 매스컴에 보도되었다시피 그동안 누적된 백 수십억 채무, 코로나 기간 중 절체절명의 곤경에도 불구하고 꿋꿋하게 어린이들을 위한 놀이시설을 즐겁게 운영하고 있는 집념은 대단하다. 경제적 수익성을 우선하고 조금의 어려움과 고통에도 쉽게 포기하는 이즈음 세태에 여러 울림을 준다. 세계수준급 테마파크는 아니지만

양주시 장흥면 두리랜드

어린이 취향과 선호도를 최대한 반영한 다양한 놀이기구와 심신발
달을 북돋우는 시설을 계속 확충하고 있는 임채무 배우의 어린이 사
랑, 아이들 뛰노는 모습을 보면 그냥 즐겁다는 마음씨 좋은 할아버
지의 여유가 오래 이어지기 바란다.

국민가수, 국민배우, 사회참여

- 이브 몽탕

해마다 이맘때가 되면 여기저기서 들려오는 노래로 우선 대중가요 '잊혀진 계절'이 꼽힌다. "지금도 기억하고 있어요. 10월의 마지막 밤을…"이라는 한 소절로 늦가을 제철가요가 되었다. 그리고 눈이 올 무렵 아다모의 샹송 '눈이 내리네'가 등장하기 전, 낙엽이 흩날리면 역시 샹송인 '고엽'이 흘러나온다. 이제는 샹송의 고전이 된 이 노래는 1946년 마르셀 카르네 감독의 영화 「밤의 문」 삽입곡인데 배우로도 출연한 이브 몽탕(1921~1991)이 불렀다. 25세 배우의 연기는 그다지 눈에 띄지 않았지만 노래는 지금까지도 전 세계적으로 기억되고 있다. '눈물 젖은 두만강'보다 8년 뒤에 나왔으니 고참 샹송의 하나인 셈이다.

특히 1970~80년대 이후 미국 팝이나 로큰롤 영향으로 종전 샹송의 리듬과 분위기는 크게 변모되지만 '고엽'은 여전히 애창, 애청 된다. 프랑스 시인 자크 프레베르가 노랫말을 썼는데 시의 난해성을 벗어나 친근하고 정감 있는 작품창작에 전념한 시인답게 가사 한 줄 한 줄이 쉬우면서도 듣는 이의 가슴에 생생한 그림을 그리게 한다.

오랜 세월 프랑스 국민배우, 국민가수였던 이브 몽탕. 어린 시절 부모와 함께 이탈리아에서 이민 와 곤궁한 시절을 보낸 후 노래와 영화로 20세기 프랑스 대중문화사를 굵은 글자로 장식하였다. 특히 반전, 반핵운동과 인권옹호 등 여러 분야 사회활동에 주도적으로 참여하였는데 18세기 이후 문화예술인의 적극적 사회참여라는 프랑스 사회의 오랜 전통이 이브 몽탕에게는 다양한 정치영화 출연으로 특화되었다. 1960~70년대 「전쟁은 끝났다」 「제트(Z)」 「고백」 「계엄령」 같은 독특한 소재의 영화를 통하여 자신이 하고 싶은 메시지와 소신을 드러내는데 앞장섰다.

관록을 쌓은 문화예술인들이 일선에서 활동하다가 그 명성을 기반으로 정치일선에 뛰어들고 이런저런 임명직, 선출직 직책을 맡으며 갈팡질팡하는 사이 쌓아놓은 이미지며 신망을 모두 잃어버리는 경우를 보고 있다. 정치인이 되려하기 보다는 자신이 능통한 분야에서 더 인상적으로, 보다 설득력 있게 경륜에 찬 언행을 실천하며 존경받는 인사들이 많아져야겠다. 그리하여 사회가 다양화하고 성숙, 세련되어 갔으면 좋겠다.

쥘 장-루이 소령을 추모함

- 6.25전쟁 73주년에 기억하는 참전 우방

6.25 전쟁 기념일을 맞아 멕시코인 참전 용사와 작고 용사 유가족들이 한국을 찾았다. 멕시코는 참전 16개국에 포함되지 않는다. 그러나 실제로 많은 멕시코인들이 미군에 소속되어 한국에서 싸웠는데 뒤늦은 감이 있지만 지금이라도 그분들을 찾아 감사의 인사를 드리게 되어 다행이다. 9개 사단과 2개 연대급 병력이 참전한 미국에서부터 1개 소대 규모의 룩셈부르크, 에티오피아에 이르기까지 각기 나라 형편에 맞게 머나먼 아시아 신생독립국에서 벌어진 전쟁에 군대를 파병한 우방들의 도움은 우리 현대사에서 잊혀 지지 않을 우정의 징표로 남을 것이다.

우리가 알고 있는 것처럼 전투부대를 파견한 16개국이라는 참전국 숫자도 구성 장병들의 출신을 살펴보면 훨씬 더 많은 국가로 확대될 수 있다. 예를 들어 1개 대대급을 참전시킨 프랑스군 가운데는 검은 피부의 용사들도 많았다는데 대부분 그 딩시 아직 프랑스 통치 아래 있던 서부 아프리카 지역 출신이었을 것이다. 세네갈, 아이보리코스트, 니제르, 말리, 부르키나파소 등 1960년을 전후하여 독립하였던 국가들이 그러하다.

손기정 선수가 일제 강점기 베를린 올림픽에서 일본기를 달고 뛸 수밖에 없었지만 우리 민족의 영웅으로 현양하는 것처럼 후일 독립 국이 된 나라들도 참전국에 포함시켜야 마땅할 것이라는 제언을 인 터넷상에 피력한 어느 분의 의견에 동의한다.

1950년 11월 프랑스군 의무대장으로 참전하여 남성리, 지평리 그 리고 1037고지 전투 등 여러 전투에서 부상병 치료를 담당하였고 대 민진료에도 열성을 다하였던 프랑스군 쥘 장-루이 대위(당시)는 1951 년 5월 8일 홍천군 두촌면 장남리에서 국군 2명이 지뢰밭에서 부상 을 당했다는 보고를 접하게 된다. 지뢰밭을 헤치고 들어가 2명을 구 하고 나오던 중 중공군이 매설한 지뢰를 밟아 34세 나이에 장렬하게 전사하였다. 1986년 한불 수교 100주년, 쥘 장-루이 소령 산화 35주기에 즈음하여 홍천군 두촌면에 쥘-장 루이 공원을 조성하여 그를 추모하고 있다.

6.25전쟁 중 목숨을 잃거나 부상당한 참전 외국 군인이 한둘일까 마는 쥘 장-루이 소령은 군의관으로서 부상 장병 치료는 물론 주둔 지역 인근 주민들 치료에도 앞장섰다니 참 군인-의사로서 보여준 헌신과 희생에 경의를 표한다. 6.25에 관련된 외국인 중 전신 동상을 건립한 경우는 맥아더 원수, 워커 장군 그리고 쥘 장-루이 소령 등 3명이라는 사실이 그의 무공을 웅변한다.

홍천군 자원봉사단체에서 쥘 장-루이 공원 경내에 심은 프랑스 국화 아이리스 꽃향기를 타고 머나먼 나라에 파병되어 산화한 젊은 군의관의 넋이 전해오는 듯하다. 널리 알려지지 않은 그의 희생을 많은 이들이 기억했으면 한다.

국가는 영웅들께 어떻게 보답해야 하나

예전 꽤 오랜 세월 '군관민軍官民'이라는 표현이 아무 저항감 없이 통용된 적이 있었다. 지금 생각하면 가당치도 않게 순서를 매긴 용어가 자연스럽게 쓰인 바탕에는 군사정권의 억압과 사회의 무력감이 깔려 있었을 것이다. 눈에 잘 띄지 않지만 의미 깊은 사회발전의 징표를 이런 데서 찾아본다.

보훈처報勳處라는 정부기관 명칭을 쓰기까지 원호처援護處라는 권위적이고 일방적인 시혜의 어감을 풍기는 용어를 오래 사용해야 했다. 나라를 위해 희생하고 고초를 겪은 분들께 국가가 해야 할 응당의 보답을 '원호'라는 다소 건방져 보이는 명칭으로 제대로 펼칠 수 있었을까. 1985년부터 국가보훈처라는 이름으로 바뀌어 장관급 처장이 맡고 있던 이 부서가 드디어 '보훈부'로 승격되었다. 개인주의가 점차 두터워지고 나와 가족의 안위, 행복을 최우선시하는 세상에서 보훈 대상자들에 대한 국가, 사회의 보답은 아무리 강조해도 지나침이 없기 때문이다.

다른 나라의 경우를 생각해본다. 프랑스 파리 중심부 '팡테옹(사진)', 그리스 신전 형태의 이 건물은 국가를 위해 산화한 분들이나 불

파리 팡테옹

멸의 업적과 공헌을 남긴 위인들을 모시는 국가최고등급의 국립묘지
인 셈이다. "위대한 사람들이여, 국가는 그대들께 감사한다"라는 큼
지막한 글씨가 새겨진 정면 기둥 위 현판이 이 나라의 보훈의식을 요
약한다.

아프리카에서 인질구출작전 중 목숨을 잃은 프랑스 군인 두 명의
장례 모습은 특히 인상적이었다. '앵발리드'라는 군사박물관 뜰에서
치러진 영결식은 간결, 소박하면서도 국가가 영웅들에게 행할 수 있
는 최대한의 예우와 존경을 함축해 보여주었다. 우리가 흔히 봐온 높
다란 제단에 걸린 플래카드, 뒤덮인 흰 국화, 각계의 조화와 향불, 내

빈들이 착용한 흰 장갑과 검정 리본, 그 어느 것도 볼 수 없었다. 식장 한복판에 국기로 감싼 유해가 놓이고 대통령이 국가최고훈장 레지옹 도뇌르를 추서하면서 관을 어루만지고 한동안 묵념을 올린다. 추모객들은 '집에서 멀리'라는 노래를 함께 부르며 아프리카에서 숨진 두 용사의 명복을 비는 단출하지만 절제된 예식이 주는 인상과 감동은 강렬했다. 높아진 우리의 국격에 걸맞게 보훈에 대한 새로운 의식 정립과 표현방식에 대한 열린 논의가 필요한 시점이다.

제4부

프랑스 인문 기행

- 파리에서 스트라스부르까지 -

유럽은 다양하다

유럽 여러 나라의 민족성을 간결히 비유하는 이야기가 오래전부터 회자된다. 낙타에 관하여 보고서를 작성하라는 과제를 받고 난 뒤 영국, 독일 그리고 프랑스 사람들이 보여주는 각기 다른 행보는 매우 독특하다. 영국인은 과제를 받은 즉시 사막으로 달려가 텐트를 치고 낙타를 관찰하기 시작한다. 끈기 있게 기다리다가 낙타가 나타나면 그 움직임이며 생태, 먹이, 배설물 등 세세한 부분까지 모두 관찰, 기록한다. 그 보고서는 서론, 본론, 결론의 체제도 없이 낙타 실제 생활에 관한 구체적인 일지와 데이터로 경험에 바탕하고 있다.

독일인의 경우 도서관에 가서 낙타에 관한 여러 책과 자료를 수집한다. 방대한 참고 문헌을 모은 뒤 두문불출하고 집필에 몰두하여 얻은 논문의 제목은 「낙타의 자아에 관하여」라는 것이다.

프랑스인은 과제를 받고 난 뒤에도 이런저런 다른 일로 꽤 오랜 시간을 보내다가 동물원으로 간다. 한동안 낙타우리 앞에서 낙타를 들여다본다. 우산으로 낙타의 콧구멍을 간질여 보기도 하며 반응을 살핀다. 그런 다음 재기 발랄한 보고서를 에스프리에 충만한 문체로 써 내려간다고 한다.

앵글로 색슨 민족이나 게르만족에 비하여 라틴 계열인 프랑스의 국민 기질은 앞의 비유처럼 우선 경쾌하고 역동적이다. 그런가 하면 직관적이고 재치가 드러난다. 무엇보다 말하기를 좋아하고 상대방에게 자신의 생각과 감정을 전달하는데 적극적이다. 프랑스인의 일상대화 가운데 자주 쓰이는 '아, 봉(아, 그렇군요)'라는 표현이 있는데 이 짧은 문구는 이런 감성의 표현통로가 된다. 무엇보다도 개방성과 융합력이 프랑스가 누리는 문화강국이라는 명성의 밑바탕이 되었을 것이다.

국민소득 3만불 대열에 오래전 진입한 이즈음 우리에게 새삼스럽게 생각나는 것은 우선 삶의 '여유', 프랑스 인의 식사시간이 길다는 것은 널리 알려진 일인데 생활이 복잡해지고 바빠지면서 특히 인터넷

문화가 확산되면서 많이 단축되었다고는 하지만 우리의 식생활에 비하면 많은 시간을 소요하는 것이 사실이다. 요즈음 프랑스에서도 패스트푸드 산업이 크게 번창하고 있고 프랑스 특유의 대화와 휴식공간이었던 카페가 이러저러한 이유로 속속 문을 닫고 있다고 하지만 카페는 여전히 여유와 대화, 휴식의 본거지로 생활문화 깊숙이 자리 잡고 있다.

여유는 대화를 낳는다. 혼자서는 책을 일고 둘만 모이면 어디서건 이야기를 나눈다. 셋 이상은 토론을 한다고 했던가, 정치 경제로부터 자기 집 커튼과 반려동물 사료에 이르기까지 우리가 보기에는 썰렁한 화제임에도 그들은 진지하게 웃고 들으며 공감을 표하기도 하고 때론 한 치 양보도 없는 논쟁으로 치닫는다.

격렬한 논전의 와중에도 상대방 발언을 최대한 존중하는 여유를 잃지 않는다. 남의 말을 가로막는다든가 의견 차이를 인격에 대한 도전과 모욕으로 여기는 치졸함을 찾기 어렵다. 많이 나아졌다고는 하지만 우리나라 TV토론 프로그램에서 이른바 사회 지도층 인사들이 벌이는 감정적 입씨름이나 유치한 흥분도 결국 대화훈련 미흡과 여유부족에서 비롯된 듯싶다. 그 동안 우리들이 빈곤에서 벗어나기 위하여 한 순간이라도 더 일하는 동안 잊었던 '여유'의 실체와 구체적인 방법론을 프랑스인들의 일상에서 수월하게 찾아볼 수 있다.

삶의 긍정과 여유, 개성

다른 사람의 시선을 의식하며 불필요한 신경을 쓰지 않고 자신 또한 타인으로부터의 간섭이나 피해를 거부하는 개인주의적 삶의 방식은 대체로 합리성이라는 공통분모에서 이루어지는 까닭에 자신의 이익만을 챙기는 배타적 이기주의와 구분된다. 생활수준에 크게 관계없이 몸에 배어 있는 여유는 단기간에 막대한 치부를 한다거나 급격한 신분상승을 꿈꾸기 어려운 프랑스, 나아가 유럽의 사회여건, 다시 말하면 자신의 현실 조건을 최대한 긍정하면서 삶의 질 향상을 꾀하고 철저히 즐기려는 현실주의적 경향에서 비롯되었다고 볼 수 있다.

오랜 세월 우리는 이른바 획일성에 자연스럽게 길들여진 나머지 그동안 개성, 취향이라는 개념에 상대적으로 낯설었다. 근래에 들어 MZ세대를 중심으로 독특한 자기만의 색채와 개성을 추구하는 경향이 크게 확산되고 있어 주목할 만하다.

해외여행 자유화 이후 삼십여 년. 코로나로 한동안 뜸했지만 그동안 촌로로부터 어린아이에 이르기까지 많은 국민들이 유럽으로, 프랑스로 여행을 떠났다. 사람들은 너나없이 많은 것을 이야기한다. 하루 이틀 묵거나 한 달 남짓 배낭여행으로 저마다의 느낌과 감각을 다채롭게 채색해 낸다. 오랜 기간에 걸친 유학과 현지 근무의 경험 또한 내밀하고 깊을 수 있다. 센 강변 연인들의 속삭임과 샹송의 선율에서, 오트 쿠튀르 패션거리와 루브르 박물관을 보고 프랑스를 예술의 나라, 세련과 유행의 고장이라고 말한다.

파리 지하철역 구내의 악취와 지저분함, 거리 곳곳의 개똥과 쓰레기를 보고 프랑스가 생각보다 아름답지 않은 나라라고 이야기 할 수도 있다. 외규장각 도서 반환 과정에 관련된 이런저런 논란과 박물관에 진열된 외국문화재를 보고 프랑스의 오만과 얼룩진 식민지 침탈의 역사를 떠올리기도 한다. 그런 복합적인 요소들까지도 한데 어우러져 프랑스 문화의 원형질을 이루고 있다.

여유, 개성, 합리성 등 몇 가지 모호한 관념상의 표현으로 예를 들기는 하였으나 결국은 개인의 고유한 만남으로 프랑스를 이해하는 길이 바람직하지 않을까. 문학작품이나 영화에서 문득 깊은 인상을 주는 대목, 가사는 잘 모르겠지만 샹송 어느 소절의 여운에서, 프랑스 여행 중 어느 조그마한 카페에서 옆에 앉은 사람들과 나누는 대화의 맥락에서, 큰 마음먹고 이런저런 음식을 주문했으나 기대만큼 별미가 아님에 실망스러웠던 추억 속에서 프랑스 문화와의 만남은 시작되고 그 문은 열리게 될지 모른다.

삶과 죽음은 어깨를 맞대고
- 묘지에서 생각한다

서울에 치우친 우리나라의 중앙 집중화 과밀현상과 마찬가지로 파리 역시 프랑스의 축소판이라 할 만큼 온갖 프랑스적인 특질과 정수가 모여 있다. 물론 진작부터 확립된 지방자치제로 정치, 재정, 문화, 복지 등 여러 방면에 걸쳐 상당한 지방 분권이 이루어진 것도 사실이지만 그럼에도 불구하고 파리에서는 프랑스 에스프리와 매력이 여전히 밀도 있게 농축되어 있다. 수도와 지방간 생활의 질적 차이가 그리 크지 않더라도 파리가 12세기 이후 프랑스 중심지로 발달해온 역사 맥락 아래 고유하고 독특한 색채를 여전히 지키고 있다.

가령 지방에서 태어나 그 지역이나 외국에서 주로 활동하던 많은 작가, 예술가들도 그들의 사후에는 파리에 묻혀 영원한 안식을 누린다. 그들이 프랑스어로 써서 당당히 세계문학사의 한 페이지를 대문자로 장식한데 대한 보상이라도 받는 듯 파리 곳곳의 여러 묘지에 누워 끊임없이 찾아드는 순례자들과 무언의 대화를 나름 즐기고 있는지도 모른다.

파리 바스티유 광장에서 레옹 블렁 광장을 지나가다 보면 페르 라

셰즈 묘지가 나타난다. 17세기 세력이 당당했던 가톨릭 예수회에서 사제들 주거용으로 구입한 이 일대는 루이 14세 고해담당이었던 프랑수아 덱스 드 라 셰즈 신부에 의하여 확장되고 아름답게 가꾸어졌다. 1803년 건축가 브롱뉘아르가 묘지로 개조한 이후 오늘날까지 파리에서 첫째가는 규모와 조경 그리고 기라성 같은 인물들의 영면 장소로 이름 높다. 발작, 보마르셰, 모딜리아니, 오스카 와일드, 쇼팽, 네르발, 제리코, 에디트 피아프, 생-시몽 같은 인물들이 묻힌 이 묘지는 19세기 후반 파리 코뮌(프랑스-프러시아 전쟁에서 무기력하게 패배한 정부에 항거한 시민저항) 당시 치열한 전투 현장이 되기도 했다. 당시 처형된 코뮌 파들은 그들의 이름이 새겨진 벽 아래 묻혀 있다.

묘지라기보다는 이제 유명한 관광지가 된 이곳은 잘 가꾸어진 공원이나 옛 성의 정원을 연상시키는 울창한 숲에 둘러싸인 고즈넉한 유택. 실로 수많은 시인, 작가, 음악가. 가수, 건축가, 그리고 평범한 시민들이 안장되어 있다. 대부분 유럽의 묘지가 그러하듯 주로 석제품의 4각봉분과 흉상, 간단한 묘비 등이 줄지어 있고 싱그러운 녹음과 이름 모를 새들의 지저귐

낭만주의 시인 알프레드 드 뮈세 묘소

속에 가히 이것이 죽은 자의 평화구나 하는 느낌이 선연하다. 으슥한 비탈이나 봉분만 빼곡하게 들어찬 공동묘지가 주는 괴괴한 음산함은 찾기 힘들다. 삶과 죽음이 근거리에 위치하여 그것의 경계가 자연스럽게 생활화 되면서, 흡사 거기에는 죽은 자들과 대화라도 하려는지 그들의 속내 이야기가 정적을 깨고 나지막하게 들려오는 듯하다.

알프레드 드 뮈세(1810~1857). 파리에서 태어나 파리에서 살다가 파리에서 죽은 시인. 작가 조르주 상드와의 격정으로 베니스로 떠난 얼마를 제외하고는 파리의 정서와 에스프리, 파리의 사랑이 그의 시 행간에 묻어나고 있다.

> 내 사랑하는 친구들이여, 나 죽거든
> 무덤 위에 버드나무 한 그루를 심어 달라.
> 나는 늘어진 버들가지를 좋아하니
> 그 창백함이 내게 감미롭고 정답구나,
> 그리고 내가 잠든 땅 위에서
> 그 그림자는 가볍게 내리리라.

시 「뤼시」의 앞부분에서 흡사 유언인양 노래한 시인의 바람처럼 누가 심었는지 연약한 버드나무 한 그루가 무덤 뒤에서 숨죽이고 있다. 뮈세의 시에서 볼 수 있는 자연은 그 시대 낭만주의자들이 주로 묘사했던 이국정취, 평원, 광야, 계곡, 호수 같은 자연풍광에서 한걸음 비껴서 있다. 가장 파리적인 시인이라는 평가처럼 공원, 정원, 마로니에 등에 돌려진 시선은 도시 성향이고 때로 인공적 성격조차 드러낸다.

페르 라셰즈 묘지

녹은 철책 안에 퇴색한 시인의 흉상이며 묘비 틈 사이로 누가 꽂고 갔는지 시든 꽃 한 송이가 고개 숙이고 있다. 페르 라셰즈 묘지의 수많은 묘소 가운데 이브 몽탕, 에디트 피아프, 짐 모리슨 만큼이나 많은 꽃다발이 비석아래 빛바랜 채로 놓여 있다. 19세기 전반기 프랑스 사회의 격동 속에서 자신의 열정을 마지막 한 방울까지 쏟아 부으며 삶과 시를 동시에 극명하게 체험한 명민한 시인 뮈세의 연보를 다시 읽는다.

> 나는 힘도 삶도/ 친구도 쾌활함도 잃었다/
> 나는 내 천분이라고 믿게 한 / 자만심마저도 잃어버렸다/
> …/ 하느님이 말씀하시고 우리는 대답해야 한다/
> 이 세상에서 내게 남은 단 하나의 재산은 /
> 몇 번 울었다는 것뿐이다.
>
> — 뮈세, 「비애」 부분

유럽 대부분의 묘지는 이른바 공원묘소. 같은 이름이지만 우리나라처럼 도심에서 멀찌감치 떨어진 야산에 조성된 대규모 단지가 아니라 바로 도심 한 복판, 주거지역에 조성된 근린 시설이 많다. 먼저 세상을 떠난 가족과 친지, 사랑하는 사람에게 자주 찾아와 헌화하며 묘소 주변을 돌아보고 오랜 시간 영혼의 대화를 나누는 모습에서 죽음이 그리 무시무시한 것만이 아니며 자연스러운 이법의 하나임을 깨닫는다.

관광명소이자 환경 친화적인 장묘 문화의 대표적인 페르 라셰즈 묘지는 파리 시내 스무 개 묘지 가운데 가장 크다. 43ha의 면적에 약 7만여 기의 안장 능력과 울창한 나무는 자연공원으로 손색없다. 매년 수백만 명을 훨씬 웃도는 방문객은 입구 왼쪽 안내소에서 묘지 지도를 얻어 자신이 찾는 곳으로 여유 있는 발길을 옮긴다.

권력계급과 부유층이 자신의 능력과 시용으로 사치스럽게 꾸며놓은 호화묘소의 위화감은 찾을 길 없다. 대략 두어 평 남짓한 공간에서 자신들이 남긴 크고 작은 자취를 되새기는 영원한 휴식은 경건하다. 명문집안이거나 부를 축적한 중국인, 유태인들의 경우 다소 널찍하고 호화스러운 묘소를 꾸미기도 하지만 파리시민이면 누구나 이용 가능한 개방체제로 운영된다. 파리에 주소지를 두거나 파리에서 사망한 사람 중 매년 수 천 명이 매장 또는 납골당에 안치된다. 묘지 안쪽은 비싸고 외곽은 저렴하다. 무연고를 비롯하여 관리 상태가 나쁠 경우 다른 사람에게 이용권을 넘기지만 저명인물의 경우 유족이 없어도 관리된다. 시내 주택가에 위치해 있으면서도 2백년이 훨씬 넘도록 혐오시설이니 철거하라는 인근 주민들의 항의 시위 없이 환경과 조화를 이루면서 삶과 죽음이 어깨를 맞대고 있다.

파리 몽파르나스 묘지는 더욱 번화한 곳에 있다. 실존주의 거장 장-폴 사르트르와 반려자 시몬 드 보부아르도 묘지 한구석 평범하게 안장되어 있다. 한 시대 세계 지성을 이끌었던 그가 이렇듯 소박한 모습으로 잠들어 있다고 누가 업신여길까. 고인에게 화려하고 넓은 유택을 마련해 주는 것으로 도리를 다했다고 할 것인가.

> 그들은 두꺼운 부재 속에 녹아버렸고/ 붉은
> 찰흙은 흰 종족을 마셔 버렸다/ 생존의 선물은
> 꽃 속에서 사라졌다/ 죽은 이들의 친밀한 말들/ 개성적인
> 예술이며 독특한 영혼은 어디로 갔는가/ 눈물 흐르던
> 곳에 구더기만 줄지어 가네…
>
> — 폴 발레리, 「해변의 묘지」 부분

살아있는 자들은 삶의 역동성으로 죽은 이들을 보살피고 그 속에서 나누는 영혼의 교류. 그리고 누구에게나 닥칠 죽음을 값있게 만들고 삶의 질을 높이려는 이승에서의 가열찬 노력을 곳곳의 묘지에서 되새긴다.

권력의 사치는 어디까지 갈 수 있는가

- 베르사유 궁정문화

서울을 중심으로 하는 수도권 밀집은 세계적으로 두드러진다. 나라 인구의 절반이 수도권에 모여 사는 나라는 그리 많지 않은 까닭이다. 5천만이 넘는 우리나라 중 2,500만 가량이 살고 있는 수도권의 여러 문제는 단기간에 해법을 찾기 어려워 보인다. 지방 여러 곳에 이른바 혁신도시를 조성하여 공공기관을 이전했고, 세종시에 정부부처를 상당 부분 옮겼지만 이것으로 수도권 인구과밀을 해소할 수 있다고 믿는 사람은 거의 없다. 귀농, 귀어인구와 이런 저런 사유로 서울을 비롯하여 수도권을 떠나는 사람들이 늘고 있다지만 아직 절대비율에서 전 국민의 절반을 포용하는 기형적 구조에는 미동도 없다.

파리와 일-드-프랑스

파리를 포함한 프랑스 수도권의 현실과 비전을 생각해본다. 프랑스 인구 6천7백여만 중 1,200여만 명이 살고 있으니 그다지 높은 인구과밀은 아니다. 20개 구로 이루어진 파리시 인구가 220만이라는 사실에 사람들은 의아해한다. 세계적인 도시인구가 200여 만에 불과하니 도시 운영은 어떻게 이루어질까. 여기에 '일-드-프랑스'라고

베르사유 궁전 거울회랑

불리는 프랑스 수도권의 기능과 존재 이유가 있다. 일-드-프랑스는 글자 의미로는 '프랑스의 섬'이라는 뜻인데 지형적 의미로서의 섬은 아니더라도 기능과 형성과정, 역사와 독특성을 감안할 때 '섬'이라는 명칭에 수긍이 가기도 한다.

파리를 중심으로 비교적 가까운 거리에 여러 개의 데파르트망이 있다. 데파르트망은 우리나라로 치면 군 두서너 개를 합쳐놓은 행정 단위인데, 이들 데파르트망은 조금 더 멀리 위치한 4개의 데파르트망과 같은 외곽지역과 더불어 모두 파리권, 즉 일-드-프랑스를 이루며 파리와 공생하면서 또 독특한 삶의 현장과 문화를 이루고 있다. 베르사유, 퐁텐블로, 샹티이, 콩피에뉴 그리고 샤르트르, 보-르-비콩트 같은 이름 있는 관광지도 모두 일-드-프랑스 지역에 포진해 있다. 이들 여러 명소 중 지명도가 가장 높은 베르사유로 발길을 옮긴다.

그때 베르사유에서는

베르사유 궁전은 한 세기 넘게 정치적 결정의 중심지였다. 루이 14세 통치 아래 프랑스 예술, 문화, 삶의 방식이 전 유럽으로 전파되고 프랑스는 강력한 힘을 바탕으로 그 중심에 군림하게 되었다. 베르사유에 숲이 우거진 호화로운 궁전을 지었는데 본전에는 역사상 중요한 조약이 많이 체결된 이 공간에는 거울의 방 같은 사치가 돋보였고 분수, 호수, 동산이 즐비하고 대칭과 균형, 조화의 극한을 보여주는 정원은 한 절대 군주의 욕망을 극명하게 보여주고 있다. 당연히 많은 세금을 징수하였고 국민들의 고통이 뒤따랐다.

이 무렵 프랑스의 젊은 국왕 루이 14세는 파리 근교 보-르-비콩트에 있는 재무 대신 푸케의 초대를 받았다. 연회는 성대하였다. 황금 그릇에 음식을 먹고 화려한 저택의 위용에 눌린 루이 14세는 푸케를 체포하였고 더 아름다운 궁전 건립을 명한다. 주요 건물을 만드는데 20년이 걸렸다. 루이 14세, 15세, 16세 3왕이 베르사유에 기거 하였는데 특히 루이 14세는 프롱드의 난을 겪은 이후 파리를 싫어하였다. 소년이었던 그를 파리 시민들이 튈르리 궁전에 감금했던 일을 잊거나 하려는 듯 당대 최고의 정원 설계사(르 노트르), 화가(샤를 브룅), 건축가(르 보, 망사르), 분수 설계자(프랑신 형제)를 동원하여 재정수입 50%이상을 쏟아 부었다. 막대한 자본과 군사력으로 식민지 점령에 뛰어든다. 아메리카 대륙에서는 캐나다, 루이지애나 주 지역인 미시시피 하류의 광대한 땅을 차지했고 서인도 제도는 물론 아프리카 연안 곳곳을 확보하였다. 독일 인접지방을 점령한 뒤 네덜란드로 진공하였지만 제방을 무너뜨려 국토를 물에 잠기게 하는 등의 저항에 봉착하기도 했다. 프랑스는 내정 취약, 절대봉건 국가로서 갖는 경직성, 국제정치 구도상 불리한 사태 등으로 인하여 취약성을 드러낸다. 화려하고 막강한 통치, 외견상 순탄해 보이는 절대권력 유지의 뒤안길에는 프랑스 민중의 궁핍과 열악한 삶이 배어 있었던 것이다. 계속되는 대외 전쟁과 군사력 증강은 특히 농민계층의 피폐를 부추길 수 밖에 없었다. 침략 전쟁과 베르사유의 사치로 상징되는 루이 14세 통치의 허실은 결국 귀족계급을 효율적으로 묶어두고 견제할 수 있는 계책을 내포하고 있었다.

독재의 기술, 독재의 말로

위협적이거나 모반 우려가 있는 귀족들은 원정을 보내 힘을 약화시키고, 전사하면 그만이었다. 다른 귀족들은 베르사유에 불러 예리한 감시와 정보조작, 공작으로 반역의 기회를 차단하였지만 농민과 도시빈민의 저항은 그치지 않았다. 무리한 진압은 살육, 방화로 이어져 또 다른 항쟁을 낳을 수밖에 없었다. 루이 14세는 개신교를 허용한 16세기 낭트칙령을 폐기하고 위그노파를 추방하고 강제 개종시켰다. 귀족에 대한 가혹한 통제, 도탄에 빠진 빈민과 농민의 항거에 이어 부르주아 계급도 움직이기 시작하였다. 상공업으로 부를 축적했지만 권리보장 면에서 매우 취약했던 그들인지라 자신의 이익을 위하여 왕권제한을 요구한 것이다.

루이 14세는 결과적으로 귀족 부르주아 평민 모두의 원망을 한 몸에 안고 죽었다. 그의 유언은 이러했다.

"나는 전쟁을 너무 좋아했고 낭비를 많이 했다. 나를 본받지 말라."

인간적인 참회였을까. 못다 이룬 야심에 대한 아쉬움이었을까. 한 절대 군주의 죽음은 그것이 갖는 연대기적 계기성과 더불어 한 세기를 마감하고 계몽시대, 대혁명으로의 길을 열어준다.

루이 14세, 그 이후

핍박 받는 평민, 불평에 가득 찬 기득권 계층 부르주아의 욕구가 서로 비껴가는 황폐한 나라를 남기고 간 베르사유의 루이 14세. 그를 이은 루이 15세 역시 섭정기를 거친다. 미성년 국왕이 즉위하고 섭정자를 두는 것은 동서양을 통하여 허다하지만 특히 루이 14세 사망 이후 프랑스 섭정은 '라 레장스'라는 고유명사로 구별한다. 지금까지도 이론의 여지가 있지만 대체로 방탕, 우아, 세련, 스캔들에 얽힌 정치 등을 연상시키는 이 시기를 여러 면에서 루이 14세 치하에 대한 반동을 보여 준다. 루이 14세는 소수의 측근으로 절대 권력을 행사했지만 섭정은 다수의 고문관 회의를 통하여 귀족의견을 중시하였다. 루이 14세는 베르사유 궁전에 1만 명에 이르는 귀족과 식솔을 기거시켰으나 섭정은 이를 대폭 삭감한다. 루이 14세가 자신의 서자들을 옹호, 격상시킨 반면 섭정은 그들을 무시하고 왕족자격마저 박탈했다.

국왕이 미성년인 동안 집권세력들이 보인 방종과 무능은 국민들에게 통치자에 대한 불경과 멸시를 심어주었다. 경박과 비방으로 점철된 시대 분위기는 지식인, 철학자, 문인계층을 중심으로 비판정신을 싹트게 해주었다. 섭정시대는 그리하여 짧고 공허함에도 불구하고 결과적으로 프랑스 혁명으로 이어지는 의미심장한 맥락을 이루고 있다. 루이 14세 철권통치 이후 긴장과 책임이 이완되면서 세속문화, 투기 심리와 더불어 왕정, 교회에 대한 불신이 조성되었다. 우상이 동요되고 있었다. 숨막힐 듯한 권위의 압박, 비판과 대안을 용납하지 않았던 전제 군주체제의 질곡 이후에는 요란스러운 지껄임, 높은 목청이 유난히 두드러지게 마련인 까닭이다.

베르사유 사치에서 카페의 항쟁으로

17세기 말 카페 '프로코프'가 문을 열면서 18세기 줄곧 담론과 비판의 중심이 되어 이러한 분위기에 한몫 거들게 된다. 프로코프 개업 이후 파리에는 연이어 카페가 생겨 혁명 직전 1788년에는 약 1,800개 업소를 헤아렸다. 카페에 앉아 주고받는 이야기들은 밀실이나 서재에서 보다 현실성이 더해졌고 웅대한 계획, 공상과 몽상, 모반이 싹트는 장소가 되기에 넉넉했다. 이러저러한 이야기는 어느 사이 용기 있는 발언이 되어가고 있었다.

1726년 통치를 시작한 루이15세는 연약, 침울, 비정 잔인한 성격의 소유자였다. 루이14세가 이룩한 권위는 급격히 손상되고 여론 악화, 국고 탕진으로 이어지는 루이15세의 실정은 1774년 운명할 때 그 누구도 애도하지 않는 참담함으로 귀결되었다. 왕위를 계승한 '정직한 무능력자' 루이16세는 재위 15년 만에 혁명을 맞고 이어 공화정이 선포 되었다.

베르사유의 사치에서 시작하여 카페의 비판과 저항에서 비롯된 대세에 밀려 막을 내린 17~18세기 부르봉 왕조의 영욕에서 역사의 반복과 그 통시성 그리고 인간집단의 삶이 일구어내는 갖가지 아이러니를 읽는다. 그 아이러니가 어디 17세기 프랑스뿐이겠는가.

삶의 즐거움, 삶의 탐구

- 리모주와 클레르몽-페랑

도자기의 여유와 힘 - 리모주

리모주 대학교는 비교적 역사가 짧다. 1968년 설립되어 단기간에 리모주를 중심으로 하는 리무쟁 지역 교육, 문화의 중심지가 되었고 특히 프랑스어권 연구나 대중문학 연구에서는 프랑스에서도 손꼽히는 역량을 과시한다. 이 대학 홍보물에는 리모주가 1) 주거의 질과 물가 면에서 프랑스 첫 번째 도시 2) 환경과 삶의 질에서는 두 번째 3) 외지인에 대한 주민의 환대에 관련해서는 세 번째 도시임을 강조하고 있다(INSEE 통계).

중소도시지만 주변의 평화스럽고 목가적인 풍경과 조화를 이루면서 여러 기념물과 중세 종루의 첨탑들이 리모주 특유의 약간 장미 빛 도는 화강암 속에서 의연하다. 리모주 풍경은 프랑스 대부분 도시가 그러하듯 종교적 기념물 사이에서 펼쳐진다. 주교좌성당 생-테티엔 성당은 1273년 공사가 시작된 이후 600년이 걸렸음에도 건축적 통일성을 유지하여 루아르 강 남쪽에서 손꼽히는 고딕 스타일의 기념물이 되었다. 이 성당에서는 드물게도 고딕식 철탑이 보이지 않는다. 여러 번에 걸친 번개 때문이라고 한다. 고딕과 르네상스 양식이 적절

히 조화되어 특히 14~16세기 조각술을 보여주는 성당 내부 성가대
석과 중앙 홀 사이의 높은 주랑은 빼어난 예술성으로 이름 높다.

시내 중심가 오른쪽 리모주 역驛 건물은 베네딕트 거리를 사이에
두고 옛 도자기 가마터와 마주보고 있다. 1856년 철도 개통 당시 지
었던 역사驛舍는 이름도 리모주-베네딕트 역이 되었다. 리모주역은
1920~1930년대 건축기술과 화려한 장식술의 상징으로 특히 60m에
이르는 종탑은 리모주 일곱 언덕을 굽어보면서 리모주 출신 유리명
장 프랑시스 쉬고의 아르데코 양식 유리창 같은 볼거리를 제공한다.

그러나 리모주의 명성은 역시 세계적인 지명도를 확보한 도자기에
서 실물감을 얻는다. 지하에 매장된 화강암 성분의 흙과 깨끗한 물
그리고 주변의 숲이 우선 천혜의 자원으로 제공된다. 유럽에서 리모
주 도자기는 18세기에 이르러 대단한 명성을 얻게 되었다. 품질도 그
러하거니와 그 생산에 관련된 신비스러운 스토리텔링이 더해지면서
귀족사회의 리모주 자기 취향은 더해갔다. 리모주 남쪽 40km에 위
치한 생-티리엑스-라-페르슈에서 고령토가 발견되면서 당시 산업 부
흥에 관심이 많던 재상 튀르고의 의지에 힘입어 그때까지 리모주에서
생산되던 질그릇 제조 방식을 기반으로 새로운 가마를 고안하면서
리모주 자기의 역사는 전환점을 맞게 되었다. 이후 기술적인 문제에
봉착하였고 18세기말 정치적 격변과 맞물리면서 다소 정체를 보이다
가 나폴레옹 제정 이후에 이르러서 리모주 도자기 산업은 성공한 '모
험'이 되었다.

오랫동안 축적된 경험, 도자기를 굽는 연료로 사용할 수 있었던 풍

리모주 자기

블레즈 파스칼

부한 삼림자원 그리고 능숙한 기술과 합리적인 가격으로 리모주 자기는 곧 세계적인 명성을 얻었다. 초기 취약성과 인식 부족을 딛고 19세기 중반 이후 리모주 자기는 재료와 품질, 모양과 장식의 다양성, 절묘한 기능, 예술적 완성도에 의하여 런던, 파리, 브뤼셀, 필라델피아 국제 전람회에서 두각을 나타냈다. 1, 2차 세계대전과 경제공황, 외국의 표절 등 어려움 속에서도 기술 향상과 생산성 증대를 위한 투자 결과 오늘날 리모주 자기는 국가원수, 국왕, 대사급들의 수요, 고가 및 실용제품의 생산 전략으로 리모주라는 도시 이름은 세계적으로 알려진 프랑스의 5~6개 도시 중 하나가 되었고 도자기의 대명사가 되었다는 리모주 시당국의 자부심은 대단했다.

이러한 리모주 도자기의 역사를 조감할 수 있는 곳은 아드리앵-뒤부셰 국립박물관. 시내 중심부 북서쪽 윈스턴 처칠 광장에 위치한 이

박물관은 인근에 자리 잡은 베르나르도 회사와 함께 이 지역을 도자기 거리로 빛낸다. 리모주 출신 사업가 아드리앵 뒤부셰가 1865년 인수하여 시간과 자금을 들여 확장하여 1876년 자신의 이름을 붙이게 되었다. 이 해 4,000점이 넘는 작품을 기증하면서 기업의 사회기여, 메세나의 모범적인 사례를 만들었다. 1881년 국립박물관으로 전환되면서 1771년 첫 생산 이후 오늘에 이르기까지 세계 유일의 리모주 도자기 컬렉션을 전시하고 있다.

2,000년 전부터 리모주는 성지순례 루트의 중요한 지점이 되었다. 병원, 숙박시설, 교회 등이 잘 갖추어진 리모주는 수많은 순례자들은 생-테티엔 성당을 중심으로 하는 시가지 곳곳의 유적을 남겼다. 리무쟁 지방의 생-자크-드-콩포스텔로 향하는 길목은 종교 사이에서 중요한 페이지를 이룬다. 중세 이후 리무쟁과 특히 오트-비엔(리모주 시가 속한 데파르트망) 지역은 성지 순례의 길목이자 성스러운 땅이 되었다. 수도원 등지에는 성 마르시알, 성 레오나르 같은 인물들의 유골과 유물을 보관하고 있었던 까닭에 온갖 형태의 순례와 숭배가 자연스럽게 이루어졌다. 12세기 생-자크-드-콩포스텔 순례 경유지로 리무쟁 코스는 이즈음 순례길의 대명사격이 된 스페인의 산티아고로 연결되는 국경으로 집결하기까지 프랑스 전역을 관통하는 4개 경로 중의 하나로 비중이 높았다. 지금도 리모주 근교 크고 작은 교회 앞에는 조개 모양의 생-자크 순례지 방향 표시가 선명하다.

파스칼과 검은 돌, 클레르몽-페랑

삶의 즐거움을 도자기로 향유하는 리모주를 떠나 동쪽을 향해 태피스트리로 유명한 오뷔송을 지나면 오베르뉴 지방 중심도시 클레르몽-페랑으로 향하는 길목에 이른다. 인간존재를 규명하고 삶의 본질을 천착하려한 17세기가 낳은 천재 블레즈 파스칼(1623~1662)의 고향 클레르몽-페랑까지는 그리 길지 않은 거리임에도 상당시간이 소요되었다. 여전히 열악한 리무쟁 지방 도로기반 시설을 말해 주듯 클레르몽-페랑으로 향하는 국도, 지방도 곳곳은 언덕과 경사로, 그리고 유유하게 지나가는 소떼들로 자못 목가적이다.

클레르몽-페랑이라는 도시 이름을 그 곳 주민들은 짧게 클레르몽이라고 부른다. 프랑스에는 인근 두 지역을 합하여 하나의 명칭으로 부르는 경우가 많은데 로렌 지방의 샤를빌-메지에르가 그렇고 파리근교 세르지-퐁투아즈 또한 그런 경우이다. 서로 이질적인 성격의 도시로 맺어질 수도 있고 유사한 배경인 경우도 있지만 이른바 시너지효과 창출 면에서는 같은 맥락을 이룬다. 항공사진으로 보면 두 도시는 완전히 대조적이다. 거기서 지나온 역사의 상이성을 유추해 보는데 루이 13세 시절인 1630년에 이미 두 도시를 결합하려는 시도가 있었지만 그로부터 3세기가 지나 제3의 도시, 타이어로 이름 높은 미슐랭(미쉐린)과 더불어 이 바람은 비로소 실현될 수 있었다.

클레르몽의 꾸불꾸불한 길들은 중앙고원지대를 향하여 이어진다. 이 지역에 1990년대초부터 주교관, 법정, 형무소, 시청, 주도州都 사무소 등 중요기관이 밀집하게 되었다. 과거 이곳에 거주하던 실력자들

파스칼이 태어난 클레르몽-페랑 시가지

을 한결같이 이 유서 깊은 도시를 아름답게 꾸미려 했다. 그러나 지역 주민들은 이러한 외형적 매무새에 그리 민감하지 못하고 무덤덤하였다는 기록이다.

　이웃 모페랑은 이 지역 토호 오베르뉴 백작의 도시였다. 왕의 용병에 의한 화재 이후 기하학적 구조로 재건축된 비교적 신생도시로서 교역으로 성공한 상인들로 번성을 구가하게 된다. 재력을 바탕으로 품위를 얻고 어느 정도의 신분상승을 이룬 상인 후예들은 르네상스식 건물로 클레르몽과 겨루려 하였다. 이 지역은 미슐랭 타이어 회사의 영향력과 분위기가 도시를 채우고 있다. 2001년 6월 24일 역사상 처음으로 미슐랭 회사에서는 공장 중 3곳을 일반인들이 통과하도록 허용하였다.

클레르몽 시내 어느 곳에서든 우뚝 솟아 보이는 노트르담-드-라 송프시옹(성모승천)성당, 밝은 화강암으로 조성된 보도步道는 성당의 어두운 색조와 대비된다. 그을린 것 같기도 하고 오랜 세월 때에 절여진 듯도 해 보이는 성당의 석재는 인근 볼빅 지역의 것으로 양질의 이 재료는 성당 내부의 여러 정교한 구조물과 장식에 적합하다고 한다. 2,000년의 역사가 시내 곳곳의 돌 속에서 읽혀진다. 멀리 바라보이는 퓌 드 돔의 웅자 아래 여러 종류의 돌로 구성된 시가지를 주유한다. 네 코스 중 세 종류는 클레르몽의 성당 주변으로 구성되었고 한 가지는 몽페랑 중심지에서 전개된다.

프랑스 남부도시 님에서도 예쁜 분수가 여러 곳 있어 산책 코스로 활용되지만 클레르몽에서는 여정 사이사이에 이 도시가 낳은 인물들의 삶의 연대기를 함께 보여준다. 로마 군단에 맞서 제르고비에서 용맹하게 싸운 골루아족 대표 베르생제토릭스, 우르바노 2세 교황, 수학자이며 물리학자, 작가이자 신학자였던 파스칼 그리고 스스로 클레르몽의 부인이 되려 했던 마리 드 메디치 등 숱한 인물의 흔적 속에서 클레르몽-페랑은 역사 도시로서의 자존심을 지키고 있다.

블레즈 파스칼(1623~1662). 클레르몽-페랑이 낳은 위대한 사상가, 철학자, 과학자. 학교 교육을 받은 일이 없지만 아버지의 교육으로 특히 과학에 조숙한 천재성을 보였다. 16세에 '원추 곡선론'을 발표, 19세에 오늘날 계산기의 원조가 될 기기를 고안하는가 하면 23세에 진공 실험, 이어 파스칼의 정리를 비롯하여 물리학에서 뛰어난 위업을 이루었다. 1646년 아버지의 부상을 치료해준 얀센파들의 감화로 얀

세니즘에 귀의했으나 아버지의 죽음 후 신앙이 식어 자유사상가들과 교유하면서 사상의 깊이를 더해갔다. 1654년 마차 사고에서 살아난 기적으로 다시 신앙에 몰두, 39세에 불멸의 저술 『팡세』를 미완으로 남긴 채 세상을 떠난다.

인류 최고의 책의 하나로 평가 받는 『팡세』. 열정적인 기독교 호교론이나 심리적 변증에 있어 중요한 것은 인간성을 예리하게 분석하는 인간탐구자, 인간 관찰자 즉 모랄리스트로서의 자질에 있다. 독자로 하여금 자연스럽게 자신을 포함하는 인간성의 심연으로 끌어들이는 설득력과 표현력은 오늘날에도 놀라운 바 있다.

> 인간의 상태 – 동요, 권태, 불안
> 이 끝없는 공간의 영원한 침묵이 나를 두렵게 한다.

그러나 클레르몽-페랑 시내에서 파스칼의 흔적을 찾기는 쉽지 않다. 길가는 행인에게 연거푸 물어도 신통한 대답이 없었다. 노트르담-드-라송프시옹 성당 바로 옆 흰색 돌로 포장한 보도 위에 희미하게 '파스칼의 옛 집터' 라는 글씨가 새겨져 있을 따름이었다. 파스칼의 집은 성당과 붙어 있었다는 안내는 길가 2층에서 창문을 열고 내다본 주민의 단 한마디 보충설명에서였다. 자기 고장이 낳은 위대한 인물에 대한 인식부족과 무관심인지, 숱한 방문객의 질문에 짜증이 난 까닭인지 파스칼은 고향에서 오히려 무덤덤한 대접을 받는 듯하였다.

먹고 마시고, '사부아르-비브르'를 위하여

- 리옹에서 본까지

빛과 요리의 수도 - 리옹

밤이 오면 리옹은 모습을 바꾸고 어둠에 어울리는 또 하나의 옷으로 갈아 입는다. 리옹 홍보 책자에는 '리옹에서 빛은 여왕이다.'라는 문구가 큼직하게 쓰여 있다. 겨울철 '빛의 축제' 그리고 '빛의 리옹 페스티벌' 등이 대표적인 행사인데 이와 함께 여러 기념물, 다리에 조명을 비춘다.

어둠이 내리면 식도락의 고장 리옹의 식탁은 활기를 띤다. 프랑스에서도 이름 높은 식당(폴 보퀴즈, 블랑, 샤펠) 등이 리옹 시내와 근교에 위치하고 이른바 '어머니' 음식의 전통을 지닌 여성 요리사들 또한 리옹의 소시지, 인근 소도시 부르-엉-브레스의 닭요리, 사부아 지방 퐁뒤 등이 보졸레나 코트-뒤-론 같은 와인과 어울려 나날의 일상에서 즐거운 축제를 맞으려는 사람들을 만족시킨다.

르네상스 시대부터 리옹은 이탈리아로 향하는 관문이었다. 또한 그 시대 리옹은 상업, 은행업 그리고 지성과 예술의 중심지이기도 했

* 사부아르-비브르: '제대로 산다', '일상을 향유한다'는 의미의 프랑스인들 삶의 좌표

리옹 야경. 손 강과 론 강이 만나는 천혜의 입지

다. 당시만 해도 사부아 지방이 프랑스 영토가 아니었으므로 국경도
시 리옹은 상인, 은행가들이 모여들어 활발한 교역이 이루어진 현장
이 되었다. 론 강과 손 강이 합류하는 지리적 이점은 리옹을 무역통
로의 중심지에 놓이게 했다.

2,000여 년 전 로마인들이 리옹을 창건하였다. 시내를 굽어보는
푸르비에르 언덕에 오르면 사이좋게 나란히 시내를 관통하는 두 개
의 강이 보이고 그 중 가까운 거리의 손 강 서쪽에 리옹 구시가지가
있다. 구시가지 지역의 외부는 보수 작업을 하였으나 내부에는 촘촘
한 골목 사이로 박물관, 카페, 기념품 상점 등이 빼곡하게 자리 잡아
16세기 번성하던 시절의 흔적을 전해 준다. 돌이 박힌 좁은 골목길,
안뜰, 리옹에만 있는 특이한 통로인 '트라블'(하나의 구획을 이룬 집들 사이

를 관통하는 작은 길로 하나, 또는 여러 건물을 가로질러 이 길에서 저 길로 갈 수 있는 은밀한 골목길), 나선형 계단, 창살대가 독특한 창문, 중간에 걸려 있는 정원, 탑, 홍예 받침대 같은 희귀한 건축물, 구조물들을 볼 수 있다. 삶을 다채롭고 꾸미고 거기서 즐거움을 느끼려 했던 프랑스인의 감각이 수 백 년 전으로 거슬러 올라가면서 리듬을 타고 전해진다.

1934년 퀴르농스키라고 불리던 모리스 에드몽 사이앙은 리옹을 식도락의 세계수도라고 축성하면서 이렇게 이야기하였다. "왜냐하면 이곳에서 요리는 아주 자연스럽게 예술의 드높은 경지에 다다른다: 소박함이 그것이다."

리옹 사람들은 요리가 예술과 닿아있다고 생각하고 요리사는 단순한 기술자라기보다 '철학자'로서 식탁을 높은 반열에 이르는 숭배로 이끌었다는 것이다. 여성의 환심을 사려면 영화나 무도회보다 레스토랑으로 초대하라고 충고한다. 리옹은 모든 음식재료가 넘쳐 나는 축제 연회지역의 중심에 있는 까닭이라고 덧붙인다. 리옹 요리의 전통은 프랑스 혁명 이후 부르주아 집단의 여자 요리사들이 주인들의 격려에 힘입어 요리법을 개발하여 학생노트에 기록하게 된다. 이를 이용하여 일부는 자신의 출자로 개업을 하였다. 외제니 브라지에의 경우 미슐랭 가이드에 별 3개를 얻는 영광을 누렸는데 그의 제자로 프랑스 대표 셰프 고故 폴 보퀴즈가 있다.

리옹 식사 전통에 따르면 모든 샐러드 그릇들은 붉고 흰 바둑판 무늬 냅킨이 놓인 식탁에 함께 나와야 하며 주인은 좀 무뚝뚝하지만 리옹식 에스프리로 라블레 풍의 유머를 사이사이 끼워 넣으며 자리

를 주도해야 한다는 것이다. 시내 곳곳에 있는 토속음식점 '부숑'에서 소시지, 내장요리를 맛볼 수 있다. 소시지는 골루아 시대 이후 리옹에서 100% 돼지고기를 사용하면서 원산지 품질 보증 전통이 이어졌다. 기름 부분을 잘게 써는 기술이 특히 뛰어나고 행여 당나귀 고기를 넣었을까 하는 우려에 리옹에서는 좀 썰렁하지만 이렇게 답한다고 한다. "리옹 소시지에는 사자고기가 들어있지 않듯 당나귀 고기도 없다."

식도락의 프랑스인들의 음식건강 수칙은 의외로 단순하다. 삼가할 음식 : 빵, 설탕, 감자, 더 먹을 음식 : 닭, 돼지 등 흰 살코기, 요구르트, 신선한 채소. 거기에 와인 소비는 매년 줄어들지만 생수는 세계에서 가장 많이 소비한다는 통계가 있다.

프랑수아 라블레(1494?~1553)는 리옹 시립병원 의사로 베네딕토파의 수도사였다. 자신이 치료하는 환자들의 우울함을 덜어주려고 쓰기 시작한 작품들이 마침내 『팡타그뤼엘』『가르강튀아』라는 이름으로 출간되어 명성을 얻었다. 거인 아버지와 아들의 파란만장한 방랑 이야기로 구성된 이 작품들은 소설이라기보다 괴상하고 희극적인 모험담이다. 갖가지 묘사와 비유, 풍자 그리고 과장에서 비롯된 작품들이 주는 즐거움 뒤에는 라블레의 깊이 있는 철학이 들어있다. 휴머니스트로서 인간의 위대함, 인간의 가능성에 대한 굳은 신념을 지닌 라블레는 인간과 그 미래에 커다란 믿음을 가진 낙관론자였다. 삶의 환희가 행간에서 생생하게 발산되는 라블레 작품을 어릴 때부터 읽고 자란 리옹 사람들이 일상생활에서 라블레식 유머를 구사하는 것은 어쩌면 당연해 보인다.

낭만주의 詩 피어나다, 라마르틴의 자취를 따라 - 마콩

중부 산악지대의 북동부, 루아르 강과 론, 손강 계곡 사이 위치하는 부르고뉴 지방은 보르도와 쌍벽을 이루는 와인 산지로 이름 높다. 산, 숲, 초원, 손 강 계곡을 향하여 내려오는 구릉지대 등 다양한 지리적 특성으로 독특한 분위기를 자아낸다.

마콩. 한적한 시골 작은 도시였으나 TGV가 개통된 후 급속한 도시화가 이루어 졌고 고유한 품질의 와인으로 이름 높다. 또한 프랑스 낭만주의 문학의 전성기를 연 시인 알퐁스 드 라마르틴(1790~1868)이 태어나 유년시절을 보내고 만년에 다시 찾은 고향이다. 손 강변 둑 옆

공간에 세워진 라마르틴 동상과 라마르틴 산책로 등은 자기 고장이 낳은 위대한 시인을 기리는 시민들의 자부심을 보여준다.

생가가 있는 미이와 그의 영지였던 생 푸앵으로 가는 길은 온통 초록의 연속이다. '마콩-초록빛 도시'를 표방하면서 미이는 오래전 '미이-라마르틴'으로 도시 이름을 바꾸어 세계 각국에서 찾아오는 순례자들에게 마을 입구 간판으로 인사한다. 만년의 걸작 「포도밭과 집」에서 느끼는 우울과 향수, 까닭 모를 서러움의 정취는 칠이 벗겨진 대문과 때묻은 기념 팻말에서 오히려 선연히 묻어난다. 부르고뉴 포도주 산지임을 알리는 입간판을 뒤로 하고 마을 뒷동산에서 팔베개하고 누워도 좋겠다. 산, 하늘, 포도밭, 강, 녹음 같은 평범한 소재로 빚어낸 「가을」 「계곡」 「미이 혹은 고향 땅」 「고립」 같은 작품들은 비록 감정 절제 미흡이나 즉흥성 등의 지적에도 불구하고 진솔하고 소박한 체온을 전해준다 .

> 해질 무렵 나는 자주 산에 올라
> 오래된 떡갈나무 그늘 아래 쓸쓸히 앉아본다 ;
> 무심코 눈길을 들판으로 돌리면,
> 변화하는 풍경이 내 발 밑에 펼쳐진다.
> — 라마르틴, 「고독」 부분

더없이 냉정해지고 눈물이 드물어진 세상에서 낭만주의 시는 우리가 오래 잃어버렸던 원초적 감성의 힘을 되살려 준다. 18세기까지 보지 못했던 새로운 서정과 감수성에 당시 독자들은 열광하였다. 그러나 이런 낭만주의 초기 감상성과 원초적 내면토로의 끈을 부여잡고 기대어 철지난 작품을 발표하는 시인, 문인들이 아직 많다. 그럼에도 불구하고 진부하고 상투적이라 해도 떨쳐내기 어려운 서정의 세계-흐르는 물의 투명함이 내비치는 비늘 같이 반짝이는 라마르틴의 시어를 마콩 시내 라마르틴 동상 앞 거대한 책 모양의 조형물을 바라보며 떠올린다.

본, 부르고뉴 와인의 수도

루비 색 과즙을 통해 과거를 바라본다. 디종이 부르고뉴 지방의 중심도시라면 그보다 덜 알려졌지만 본은 단연 부르고뉴 와인의 수도. 디종이 '와인의 옥토'의 출발지라고 한다면 본은 부조와 포마르, 샹베르탱과 몽트라셰 사이에 위치하여 반드시 거쳐야 하는 단계에 해당된다. 겨자로 유명한 디종 또한 리옹처럼 식도락의 도시로 알려졌지만 거기에 부르고뉴 와인의 독특한 향기와 섬세한 미각을 결합시켜 본다.

본에는 포도주 시음을 위한 지하 저장고가 산재해 있다. 성벽 아래 또는 오래된 교회 지하동굴, 18세기 수도원 경내, 개인 저택의 멋진 지하실에서 갖가지 종류의 포도주 맛보기 행진이 벌어진다. 호기심과 기대에 찬 방문객들은 사려 깊은 주인이 천천히 내려와 조심스럽고도 능숙하게 수많은 와인 가운데 가장 적합한 병 하나를 고르고 있는 광경을 본다. 프랑스인의 삶의 근간을 이루는 '사부아르-비브르', 삶의 향유욕구가 그것이다.

본을 대표하는 상징물은 시립병원 구제원의 꽃무늬 조각지붕, 부

옛 본 시립병원. 독특한 무늬의 지붕으로 빛난다.

르고뉴 포스터에 단골로 등장하는 이곳은 자칫하면 지나치기 쉽다. 요란스럽거나 그다지 화려하지 않은 정면에 가려 주의하지 않으면 놓칠 수 있다.

현관을 지나면 지붕 위 울긋불긋한 기와들이 햇빛에 반사되어 화사한 자태를 뽐낸다. 망루며 빙글빙글 도는 50개의 바람개비 그리고 빛들이 창에 어우러지면서 색채와 형상의 교향곡이 거기 경쾌하게 울려 퍼지는 듯하다. 1493년 필립 왕의 대신 니콜라 롤랭의 주문으로 건축된 시립병원은 부르고뉴와 당시 교류가 빈번하였던 플랑드르를 이어주는 연결고리 역할을 했다.

와인 보관의 이상적인 온도는 12도 정도이나 8~15도면 적당하다. 그러나 중요한 것은 일정한 온도를 유지하는 것이다. 온도가 변하면 제대로 익기 전에 조기 숙성되어 버리기 때문이다. 주변의 적정 습도 또한 마개가 충분히 팽창하여 병이 새는 것을 막는다. 65~80%정도면 적당하고 코르크 마개는 지속적으로 병목 안쪽에서 와인과 접촉해야 하므로 병을 눕혀야 한다.

와인 시음은 시각→후각→미각으로 나뉘는데 시각의 경우 색깔→투명도→광택→유동성을 살펴본다. 후각은 향을 식별하기 위하여 두 가지 방법을 쓴다. 직접 코로 맡아보는 것과 코의 뒤쪽 통로로 맡아본다. 포도주가 입안에 있으면 목젖 뒤쪽으로 올라가 비강에 까지 다다른다. 꽃향기, 과일향기, 채소향, 향신료 훈연향이 식별되고 사향 가죽 털 야생짐승, 고기 향은 오래 보관한 장기 숙성 와인에서 난다고 한다. 미각은 4가지 기본적인 맛 즉 신맛, 짠맛, 단맛, 쓴맛이 와인 구성성분에 의하여 식별된다. 알콜과 설탕은 포도주의 감미로운 맛과 유질 성분, 부드러움 등을 느끼게 해주고 사과산, 젖산, 구연산은 포도주의 3대 산이며 신 맛을 주도한다. 탄닌은 쓰고 떫은맛으로 포착된다. 와인 한잔에 삶의 이런 맛 저런 느낌, 인생의 복합적인 여러 요소가 모두 집합해 있는 것일까.

보르도에서 읽는 세 작가의 경륜

- 몽테뉴, 몽테스키외 그리고 모리악

'삶의 기술'을 피력하다 - 몽테뉴

예술적 가치 높은 건축물들과 세계적으로 이름난 와인, 이 두 가지로 보르도를 설명하기에는 아무래도 어느 한 부분이 허전한 듯하다. 이 지역이 낳은 뛰어난 사상가, 철학자, 소설가들의 지혜와 모랄리스트 면모가 보르도를 문화도시로 이끄는 힘이 된다.

수필 장르를 창시한 미셸 드 몽테뉴(1533~1592)가 우선 그러하다. 본래 귀족은 아니었으나 재산가 할아버지는 귀족의 지위를 사들여 명문가문을 일구었다. '혈통 귀족' 아닌 '옷의 귀족'이었으나 아버지의 독창적이고 열성에 찬 교육덕택에 몽테뉴는 깊은 교양과 품성, 학식을 겸비하면서 유일한 저술 『수상록』으로 프랑스 근대 문학의 길을 열었다. 종교전쟁의 와중에서 작가는 가톨릭, 개신교 어느 한편을 선택해야 했던 그즈음 영지에 은퇴하여 독서와 사색으로 「수상록」을 썼다. 보르도 시장으로 취임, 종교전쟁의 후유증을 나름대로 해결하고 그 후로도 계속 『수상록』을 고치고 다듬어 오늘날 '인류 최고의 책'의 하나가 되는 반열에 올랐다.

몽테뉴는 늘 흔들리고 변덕스러운 한 인간, 자기 자신을 『수상록』

에 성실히 그리고 있다. 그는 오랜 성찰과 여행, 독서 등으로 스스로를 응시하면서 자기를 넘어서는 그 무엇, 곧 거기서 '인간'을 발견했다. 그는 이렇게 말한다. "나는 내 보편적 존재를 통하여 세계와 교류한다. 모든 사람들은 자신 속에 인간 조건의 모형을 가지고 있다."

몽테뉴가 관심을 둔 것은 추상적이며 윤리적인 차원이 아니라 사람들이 실제로 무엇을 하고 무엇에 번민 하는가 하는 현실차원에 집중했다. 몽테뉴는 여러 사례에 있어 자신의 사색과 경험을 중심으로 어떻게 대응하고 처리했는지 그리고 거기에 수반되는 개별적인 느낌을 아울러 서술한다.

죽음이 우리를 어디서 기다리고 있는지는 확실하지 않다. 그러므로 도처에서 죽음을 기다리기로 하자. 미리 죽음을 생각하는 것은 자유를 리 생각하는 것과 같다. 죽는 법을 배운 사람은 노예에서 풀려나는 법을 배운 셈이다. 죽을 줄 알게 되면 우리는 모든 예속과 억압에서 해방 된다.

- 몽테뉴, 『수상록』

『수상록』에서 가장 인상적이고 감동적인 구절 중의 하나인 이 대목에서 몽테뉴는 그가 추구하는 삶의 예지가 어떠한 것인지를 알려준다. 죽음을 피하는 대신 오히려 적극적으로 자신의 삶 속에 맞아들일 것을 권유한다. 삶이 그 자체의 여러 조건으로 말미암아 각종 예속과 질곡을 수반하는 것이라면 죽음은 어떤 의미에서 일종의 해방이라 할 수 있다. 문제는 피할 수 없는 죽음을 미리 삶 속에 끌어

들여 죽음이 가능하게 해주는 무제한의 자유를 앞당겨 향유하는데
있다. 죽음에 대한 성찰을 통하여 삶의 풍요로움을 누린다는 에피큐
리즘 즉 현실향유적인 모랄에 당도한 것은 주목할 만하다. 죽음과의
대면 자체에서도 몽테뉴는 의지적인 극기나 이성적 노력의 결과를 그
리 눈 여겨 보지 않았다.

타고난 천성의 경향이 그러하지 않았을까. 다시 말하면 극기주의를
통하여 자신을 넘어선 것이 아니라 자기에게 적합한 삶의 모델을 찾
아낸 것이다.

16세기 프랑스 사상가, 에세이스트 몽테뉴의 인간관찰은 놀랍게도
오늘날 우리에게도 적용된다. 프랑스인들의 삶의 화두 '삶의 기술'은
바로 몽테뉴 도덕관과 형이상학적 긍정에 뿌리를 두고 있다. 몽테뉴
사상은 극기주의, 회의주의 단계를 거쳐 적극적인 긍정의 자기완성으
로 발전하였다. 현실긍정과 실천적 향유라는 삶의 원리를 『수상록』의
여러 장, 「우정에 대하여」 「자만에 대하여」 「허영에 대하여」 「뉘우침
에 대하여」 「경험에 대하여」 같은 대목에서 확인한다. 어떤 체계나 원
칙 없이 자신의 판단, 방법, 경험들을 써 내려가며 음미해 본다는 겸허
한 제목 『수상록』 즉 '에세'는 당시 아직 문학 장르가 되기 전으로 그
후 영국에서 '에세이'라는 이름의 화려한 꽃을 피울 수 있었다.

문학과 사회과학 사이 - 몽테스키외

보르도에서 남쪽 방향으로 고속도로(A62번)나 국도(N113번)를 타

『법의 정신』『페르시아인의 편지』를 쓴 몽테스키외　　　　　『수상록』의 저자 몽테뉴

고 가다가 지방도(D108번)로 빠지면 몽테스키외(1689~1755), 원래 이름
은 '샤를-루이 드 스공다, 라 브레드와 몽테스키외 남작'이 태어나서
중요한 저술 다수를 집필한 라 브레드 성이 나타난다. 14세기에 요새
화 된 성으로 영국식 정원이 비치는 도랑으로 둘러싸인 고즈넉한 곳
이다. 기하학적으로 다듬고 가꾸어 균형, 대칭미가 뛰어난 인공적 프
랑스 정원에 비하여 있는 그대로 헝클어진 자연미가 돋보이는 영국
정원은 성 건물과 조화롭게 어울려 보인다. 가구며 집기 그리고 몽테
스키외의 방에는 그를 기념하는 유물들이 거의 원형대로 보존되고
있다. 드물게도 후손들이 줄곧 영지에 살고 있는 관계로 유지, 보수가
남다르다. 그는 보르도 법원장을 역임한 뒤 연구와 독서에 몰두한다.

"어떠한 슬픔도 한 시간 독서로 풀리지 않은 적은 내 생애에 한 번도 없었다." 또는 "호기심이야 말로 무미건조한 인생의 청량제"라는 진술은 바야흐로 프랑스 사회 전반에 비판정신이 팽배하고 결국 대혁명으로 이어지는 계기적 측면에서 새삼 음미할 만하다. 독서와 호기심, 이 개념들은 프랑스 문화 코드와 예술 발전의 중요 요소로 자리 잡았던 것이다.

몽테스키외하면 곧 떠오르는 1721년 저술 『법의 정신』이 다소 이론적인 사회과학서에 가깝다면 『페르시아인의 편지』라는 작품은 18세기 당시 프랑스의 정치와 사회를 비꼬면서 풍자와 역설의 경지를 보여준다. 이런저런 검열을 피하려 했음인지 외국인을 등장시켜 그들의 눈에 비친 프랑스 사회를 향한 비판과 질타는 당시 세태를 명료하게 반영하고 있다.

인간 내면의 심연을 그리다 - 모리악

19세기 이후 프랑스 많은 시인, 작가들이 자신이 태어나 성장한 고향에서의 추억과 경험, 거기서 우러나오는 상상력과 환상을 그 지방 풍물을 배경으로 그리고 있는데 보르도 출신 프랑수아 모리악 (1885~1970) 역시 작품세계 제재와 배경을 고향에서 끌어내고 있다. 이제는 파리에서 TGV 아틀랑틱선으로 3시간이면 닿지만 20세기 초만해도 보르도는 머나먼 곳이었다. 그 어느 지방보다도 보수와 폐쇄성이 견고한 보르도 부근의 낡은 전통과 인습을 모리악은 세밀하게 묘사하여 하나의 풍속도를 그려낸다. 대표작 『테레즈 데케루』 역시 보르도 인근 시골 가정생활에서 벌어지는 인간 문제에 대한 깊은 고뇌와 성찰의 기록을 이룬다.

1927년 출간된『테레즈 데케루』의 주인공 테레즈는 결혼, 가족, 사회, 고정관념 등에 결연히 맞서 도전한다. 테레즈라는 인물 속에 바로 작가 모리악 자신이 체험하는 고뇌와 갈망이 투영되고 있다. 자기 죄를 속죄하고 삶의 종말에 이르러 빛을 발견한다는 역정에서 우리는 모리악이 겪었던 내면세계의 모험을 어렵잖게 짚어낼 수 있다.

과묵하고 이지적이지만 선병질과 신경증의 여인 테레즈는 남편을 독살하려 했다는 혐의로 기소된다. 당시 부르주아 계층이 무엇보다 아끼고 염려하는 가문의 전통, 체면, 기득권을 지키기 위하여 본의 아니게 겪는 내면갈등과 고뇌는 영혼과 육신의 우울뿐 아니라 보르도 인근 지역의 풍광과 계절까지도 함께 비극적으로 묘사되고 있다.

> 그리고 침묵이었다. 아르즐루즈의 침묵! 이 잃어
> 버린 황야를 모르는 사람은 침묵이 어떤 것인지
> 알지 못한다. 이 침묵이 집을 온통 감싸고 있다.
> 이따금 우는 부엉이 소리 이외에는 아무것도
> 살고 있지 않은 듯이 모든 것이 이 크고 두꺼운
> 숲속에 엉겨 붙어 버린 듯하였다.
>   - 모리악,『테레즈 데케루』부분

거칠고 이기적이면서 투박한 남편, 다른 세계에 살고 있는 아둔하고 형식적인 시댁 식구들이 테레즈를 숨 막히게 한다. 테레즈가 겪는 숙명적 여정을 통하여 더없이 혼돈된 인간의 본능이 신앙의 미덕으

로 변화되는가를 보여주는 모리악의 문학은 1952년 노벨문학상 수상으로 그 성취를 재확인시켜 주었다.

보르도가 낳은 16, 18, 20세기의 걸출한 작가, 몽테뉴, 몽테스키외 그리고 모리악의 자취를 더듬으며 보르도를 뒤로 하고 북서부 브르타뉴, 노르망디 지방을 향하여 올라간다.

브르타뉴에서 노르망디까지

- 삶의 모습은 다양하다

영국과 가까운 탓인지, 비가 많은 프랑스 북서부 브르타뉴 지역은 시인 자크 프레베르(1900~1977)가 쓰고 이브 몽탕이 노래한 샹송 '바르바라'에서 애잔하게 묘사된다. 오랫동안 개발이 부진하였던 탓에 프랑스인들의 집단의식 속에 거칠고 튀는 모습으로 남아 있지만 재치와 간계로 로마인을 골탕 먹이던 프랑스인들의 조상 골루아 족 우두머리 아스테릭스의 이미지와 더불어 새롭게 복권되고 있다. 이 지역은 옛 켈트 땅으로 8세기 아랍인 침공, 그리고 9세기 스칸디나비아에서 내려온 북방인이나 바이킹 같은 노르만 족 침입, 이후 11세기 정복자 기욤(영어로 윌리엄)의 영국정복 같은 파란만장한 역사의 소용돌이의 현장이기도 했다.

12~13세기의 첫 백년전쟁 그리고 14~15세기 2차 백년전쟁 동안에는 프랑스, 영국 왕조간의 다툼으로 또다시 혼란과 파괴의 그림자에 덮혔다. 브르타뉴가 프랑스에 귀속된 것은 1532년이었다. 프랑스 혁명 당시 이곳은 방데에서 벌어진 브르타뉴 전투에서 공화파 '블뢰(푸른색)'와 왕당파 '블랑(흰색)'이 격돌하여 1793~1800년까지 500,000명이 목숨을 잃었다. 더러는 그 이상이라고 하는데 방데 지역민 '말

망명지 저지 섬에서 조국을 응시하는 빅토르 위고

살' 시도를 이야기하는 사람도 있다.

　빅토르 위고는 이 상황을 배경으로 소설 『93년』을 썼는데 혁명 정부에 의한 공포정치가 횡행하는 동안 반 혁명세력은 봉건적인 지방에 근거를 두고 강력한 저항운동을 전개하였다. 그들 반혁명 세력 가운데 유난히 격렬하게 저항한 것이 브르타뉴 지방의 방데군이었던 것이다.

　반혁명 지도자, 랑트낙 후작과 인간애의 이상에 불타는 진압군 청년 고뱅 그리고 혁명군 진압으로 파견된 시무르댕 이 세 사람을 주인공으로 소설은 전개된다. 공화군에 체포된 랑트낙 후작은 탈출하지만 채 구출되지 못한 세 어린 아이를 구하러 다시 적진에 들어갔다가 체포된다. 그의 영웅적 행동에 감동한 고뱅은 그를 풀어주고 그 죄로 단두대에 오른다. 고뱅이 처형되면서 시무르댕도 자살한다.

　정치적 사상적 대립 끝에 맞이하는 극적인 종말에서 빅토르 위고는 비인간적인 것의 허망함과 인간애의 승리를 노래한다. 권력의 마성은 끝없는 비극을 낳는다는 위고의 신념은 10년 걸려 1873년 『93년』을 완성시켰다. 프랑스 역사 고비마다 독특한 개성과 응집력으로 한 획을 그어온 방데인들에 대한 위고의 시선이 작품 행간에서 그의 인도주의 정신과 어울려 빛나고 있다.

소설의 공간 – 삶의 현장, 노르망디

17세기 프랑스 시인 말레르브(1555~1628)는 노르망디 중심도시 캉에서 태어났고 극작가 피에르 코르네유(1606~1684) 역시 노르망디의 루앙 출생이지만 그들 작품 어디에도 노르망디는 나타나지 않는다. 평화로운 농촌의 푸르른 초원과 사과나무, 낭떠러지와 해변 그리고 역동성 넘치는 항구 같은 이미지로 집약되는 노르망디의 모습은 이 지역 출신 정치가이자 뛰어난 역사학자 알렉시스 드 토크빌(1805~1859) 역시 오래 거주하였음에도 거의 언급하지 않았다.

이와 반대로 소설 속에서는 노르망디의 토양에 깊게 뿌리 내린다. 특히 19세기 후반 사실주의, 자연주의 소설의 영향으로 작가들은 지방생활과 인간관계에서 새로운 영감을 찾아낼 수 있었다. 노르망디는 그 풍경과 사람들로 '낯설음'을 던져준다. 상상 속의 마을 용빌에서 펼쳐지는 말수 적고 완고한 농촌 주민들의 삶의 드라마. 거기서 젊은 여인 엠마 보바리, 보바리 부인이 꿈꾸고, 권태로워 하고 사랑하고 고통 받으며 파멸에 이른다.

노르망디는 『보바리 부인』의 작가 플로베르(1821~1880) 소설에서 독특한 배경을 이룬다. 그는 루앙에서 태어나 인근 크루아세에서 삶의 대부분을 은둔자로 보냈다. 미완성 작품『부바르와 페퀴셰』의 주인공인 두 명의 서기들도 노르망디에서 유산을 얻어 은퇴, 지식욕에 불타 차례차례로 화학, 의학, 조경, 지질학, 고고학, 역사, 문학, 정치, 연애, 심령술, 형이상학, 종교, 교육학 등 연구와 실험에 몰두한다. 결국 여러 학습의 모순과 불합리에 기만당하고 자신의 무능에 실패하고 마침내 농장을 팔아버린다. 그리하여 인간과 사고에 관한 근대 여러 학문의 모든 미몽을 집결하기 위하여 다시 책을 옮겨 적기를 시작한다는 내용으로 인간의 우매를 통렬한 비판의 희극인 이 작품의 무대와 창작의 산실 노르망디는 또한 플로베르의 정신적 아들인 작가 기 드 모파상(1850~1893)에게도 영향을 주어 작품『비계 덩어리』에서의 주인공 루앙의 창녀를 노르망디 무대에 올린다. 프러시아 점령하의 루앙에서 디에프로 향하는 합승마차 안. '비계 덩어리'라고 불리는 뚱뚱한 매춘부를 비롯 상인부부, 의원부부, 백작부부, 수녀 등 10명이 타고 있었는데 이 창녀에게 눈독을 들인 프러시아 장교가 출발 허가와 교환조건으로 하룻밤 동침을 요구한다. 다른 승객들의 설득과 압력에 굴복하여 다음날 아침 마차는 떠나게 되지만 승객 중 아무도 이 은인을 상대하지 않는다. 인간의 위선, 이면성과 간사함을 선명하게 묘사한 배경 노르망디는 말하자면 소설 속 주인공의 하나가 될 수 있었다. 그리하여 프랑스 문학과 소설사에서 노르망디는 가장 비옥한 영토 중의 하나가 되었다. 다른 지방에서 태어난 작가에게도 노르망디 풍경은 매혹적이었다.『배덕자』를 쓰면서 앙드레 지드

(1869~1951)는 노르망디에서 알제리의 사막을 떠올릴 수 있었고 빅토르 위고는 프랑스에서 가장 아름다운 시 한편을 노르망디를 배경으로 썼다. 위고의 맏딸 레오폴딘이 남편과 함께 센 강 하류 빌키에서 뱃놀이 하던 중 급류에 휩쓸려 목숨을 잃는다.

1843년 9월4일 익사 소식을 다음날 애인과 함께 지방 여행 중이던 위고는 신문에서 읽는다. 그로부터 매년 위고는 딸의 무덤을 찾고 3년 뒤 슬픔이 어느 정도 진정된듯 하지만 그래도 딸을 잃은 아버지의 애틋한 심회를 제목도 없는 12행 시작품에 담아낸다.

내일은 새벽부터 들판이 밝아오면
난 떠날 테다, 난 알고 있지 네가 나를 기다리고 있음을
나는 가련다 숲을 지나 산을 넘어
더 이상 너와 멀리 떨어져 있을 수 없구나

나는 걸어갈테다 내 눈은 생각에 골몰하여
보이는 것 들리는 것 아무것도 없을 거다
나 홀로 아무도 모르게 등을 굽히고 손을 맞잡고
슬프게, 내겐 낮도 밤과 같으리

저무는 석양의 황금빛도
저 멀리 아르플뢰르 항구 향해 가는 돛단배도 보지 않으리
다만 너 있는 곳에 다다르면 네 무덤 위에
푸른 호랑가시 나무와 꽃 핀 히드 다발을 놓으리라
                                            - 위고, 「내일은 새벽부터…」 전부

브르타뉴 지역 별미 크레프

아르플뢰르라는 조그만 항구가 시 속에서 신기루인양 반짝이며 이
국정취를 풍긴다. 화려하고 값비싼 꽃이 아니라 걸어오는 길에 꺾은
호랑가시, 히드꽃 묶음은 소박한 부정의 표상인 양 가슴 뭉클하게
한다.

딸의 죽음과 일시적 침체, 나폴레옹 3세의 쿠데타 집권 등으로 위
고는 영국령 노르망디 섬 두 곳, 저지와 건지를 망명지로 선택, 18년
을 보내며 바다 저 건너 조국을 응시했다. 영국 깃발이 펄럭이는 척
박한 바위섬 건지. 용케도 버텨온 세월은 지금은 관광지가 된 위고의
저택 오트빌 하우스 그 주변 경관에서 바로 어제의 일인 양 새롭게
묻어나고 있다. 커다란 유리창을 통하여 일망무제한 바다가 한 눈에

들어오고 날씨가 좋으면 어렴풋이 노르망디가 보일 듯도 한 망향의 섬. 여기에서 『징벌시집』『정관시집』『여러 세기의 전설』『레 미제라블』등을 발표하고 위고는 박해 받는 국민시인, 루이 나폴레옹 제2제정에 정면도전하여 신랄하고 도도한 자세로 민중의 승리를 예언하는 노시인으로 변모하였다.

아침부터 정오까지, 의자에 앉지 않고 책상에 비스듬히 기대어 창밖의 바다를 바라보며 써 내려간 작품의 행간에서 우리는 인간의 삶에 수반하는 다양하고 불가사의하기 조차한 사물과 현상 등이 빚어내는 내면의 목소리를 듣는다.

모두가 살아 있다! 모두가 영혼으로 가득하다.
- 위고, 『정관시집』

해수욕의 역사, 노르망디-도빌과 트루빌

노르망디는 역사적이나 지정학적 그리고 영국과의 인접성으로 인하여 이러저러한 유행과 생활모드에 영향을 받는다. 대략 18세기 말에 시작된 해수욕도 그 중 하나였다. 소설가 알렉상드르 뒤마(1802~1970)가 트루빌 해변에서 옷을 벗고 산책하기를 즐겼고, 1830년 7월 혁명으로 왕위를 루이-필립 1세에게 넘긴 부르봉 왕조는 마지막 왕 샤를 10세의 며느리 베리 공작부인은 디에프에서 대중 앞에서 멱을 감았던 최초의 인물이었다. 바야흐로 해수욕의 역사가 노르망디에서 시작된다. 물론 건강을 위하여 흰 장갑을 낀 의사가 베리공작

부인을 영불해협으로 안내했던 것이다. 전하의 바닷물 입수에 대포로 경의를 표했던 그 시대의 스노비즘.

의학적 고려는 그 후 즐기기 위한 해수욕으로 바뀌었다. 물, 모래, 햇볕 아래 온종일 즐기는 풍속도가 펼쳐진다. 이 전적인 '레저', 이 여름철의 공백, 무위안일의 여가는 부유한 가정에게 결정적인 자리를 차지하게 되었다. 이른바 '바캉스'를 소망하고 조직하고 기다린다. 오랫동안 귀족들은 시골에 있는 그들의 성에 머물렀는데 부르주아들에게 해수욕장을 내주게 된다. 제2제정(1852~1870)과 더불어 사회적 화해가 조성되어 나폴레옹 3세의 동생 모르니 공작은 도빌에서 파리의 내로라하는 명사들의 만남을 주선했다.

기차가 개통되면서 접근이 더욱 쉬워지고 레저가 보편화되면서 '즐거움을 실은 기차'는 어디론가 떠나기를 갈망하는 도시민들을 실어 날랐다. 해안을 따라 이탈리아 풍의 바로크 양식 빌라가 세워지고 전통적인 시골 별장이 가족적이고 안락한 분위기로 들어선다. 도빌 백사장에 널판지가 깔려 산책을 편하게 하기도 했다.

이 시기 노르망디 해안의 북적거림. 삶의 즐거움이 솟아나는 듯한 정경을 소설가 마르셀 프루스트(1871~1922)는 『잃어버린 시간을 찾아서』에서 은밀한 연대기 기록자가 되어 소상히 묘사하고 거기서 자신의 유년추억을 중첩시켰다. 상상 속의 발벡은 카부르의 우아하고 실제적인 모습으로 윤곽을 드러낸다. 그랑드 호텔은 카부르에서 프루스트가 머물던 1891, 1907~1917년 여름의 추억을 담고 있다. 그때 그랑드 호텔에 묵었던 그는 시간이 손상시킬 수 없는 추억을 간직한다.

그리하여 하나의 동아리, 하나의 사회가 형성되었다. 복장, 소일거리, 화제의 동질감을 느끼면서 줄무늬 수영복이 등장하는가 하면 부인들은 화장으로 단장하고 해변에 나왔다. 노르망디 해변은 지중해와는 또 다른 개성으로 120km에 이르는 고운 모래사장과 깎아지른 절벽과 더불어 세속적이든 가족적이든, 부유하든 소박하든 나름대로 삶을 즐기는 무대가 되고 있다. 그리하여 프랑스인들의 일상의 이상이자 삶을 향유하려는 의식, '사부아르-비브르'가 구체적으로 나타나는 현장이 될 수 있었던 것이다.

은밀한 감미로움을 찾는다

- 샤토 티에리와 라 퐁텐

작은 마을 샤토 티에리는 줄여서 '샤리'라고 부른다. 파리에서 90km. 오래된 성채 아래, 나무와 포도밭의 물결 사이, 마른 강이 흥을 돋우는 계곡 속의 작은 마을 샤토 티에리 이 마을이 낳은 우화시寓話詩 작가 장 드 라 퐁텐(1621~1695)의 집은 17세기 생시와 마찬가지로 그 위치에 있다. 여러 번 보수하였지만 구 시가지 한복판, 그가 세례 받은 생-크레팽 성당 아래에서 지금은 라 퐁텐 길로 이름을 바뀐 비탈길 한켠에 여전히 16세기 건물의 격조를 지키고 있다. 창살대가 있는 창문과 지하 와인 저장고 입구로 이어지는 이중계단이 포도밭이 펼쳐진 고장에 어울린다.

부르주아지 저택이지만 전원풍의 소박하고 절제된 균형미가 여전하다. 삼림치수관이었던 아버지는 그 직위를 아들에게 물려주었다. 이 직책 덕택에 그는 인근 지역을 돌아다니며 자연 풍경과 동식물을 익혔고 까마귀나 여우의 풍습을 깨달았을 것이다. 방앗간 주인과 그 아들, 당나귀, 나무꾼 등을 보면서 그의 대표작 『우화시』의 여러 소재들을 생각했는지도 모른다.

흔히 아이들을 잠재우기 위한 방편 정도로 간주되던 우화는 유럽

191

샤토-티에리 라 퐁텐 기념관

의 경우 사실 어른들을 위한 경우가 더 많았다고 할 수 있다. 우화는
정보와 지식에 산재한 거품을 뺀 정수를 거부감 없이 전달하는 장점
이 있다. 우화는 또한 도덕적 불감증이 만연한 사회에 경종을 울리는
역할도 담당했는데 역사상 정신적, 윤리적 퇴행기에 처한 사회에서
특히 발전했다. 우화의 효시, 이솝우화는 기원전 6세기 고대 그리스
를 배경으로 하고 있다. 이솝은 부패와 허영, 위선과 향락에 물든 상
류층과 간악하고 이기적인 소시민이 벌이는 갖가지 인간희극을 동물
세계에서 풍자하였다.

고대 그리스 이솝 이후 오랜 세월 군소 장르에 머물던 우화는 17세
기 프랑스 라 퐁텐에 의하여 비로소 개화기와 절정기를 동시에 맞는

다. 탁월한 재능과 직관력에 힘입어 짐짓 무거워 보이는 도덕사상이 짧고 의미심장한 문체에 실려 은근하게, 때로는 비수와 같이 독자 가슴에 전해진다.

완벽하게 짜인 시나리오에 따르는 듯 의인화된 동물들이 등장하여 그들의 상상적인 모험과 인간적인 대화 등에서 교훈이나 논쟁의 가치를 끌어낸다. 동물이 인간을 대치하면서 인간 행동과 의식 세계가 펼쳐지고 있다. 곰은 어리석고 난폭함, 사자는 제왕의 권력과 위엄, 여우는 간계, 개미는 타고난 근면에도 불구하고 남과 함께 나눌 줄 모르는 인색함, 고양이는 위선 그리고 늑대는 잔인성으로 독자는 이윽고 자신이 어느 유형과 연관되는지 알아차린다. 우화의 첫 의도는 비교적 수월하게 이루어진 셈이다.

샤토 티에리에서의 폭넓은 독서와 자연과의 교감, 각계각층 인물과 접촉함으로써 라 퐁텐은 교양과 인간이해를 바탕으로 우화에 한 사회의 정신 건강 진단서 기능을 부여하였다. 우화의 무기는 무엇보다도 비유와 웃음, 노골적으로 꼬집어 말하는 대신 은근한 우회로, 고뇌와 울음 대신에 유머를 통하여 깨달음으로 이끌어 간다.

- 더운 날 뭘 하셨던가요?
양식을 꾸러 온 매미에게 개미가 말했다.
- 밤이고 낮이고 누구에게나 노래를 불렀죠, 어떻게 생각하시건간에!
- 노래를 부르셨다고? 아주 마음에 들어요.
그러면 이번엔 춤을 춰보시죠!
                                    - 라퐁텐, 『우화시』, 「매미와 개미」

라 퐁텐 우화시의 골격은 염세철학이다. 그의 삶에 대한 관점이 드러나는 이 비관론은 우선 인간은 선량하지 않다는 명제에서 출발한다. 이 세상은 끝없는 싸움과 비열한 행동의 무대라는 것이다. 염세성에 바탕을 두었지만 윤리의식은 매우 실용적이다. 일에 대한 사랑, 상부상조, 우정 등을 일깨우면서 한편으로 기이한 힘에 억압 받는 민중의 고통과 항변을 그렸다. 그리하여 라 퐁텐이 다다른 곳은 '현실향유'의 경지였다. 자유를 지키며 은둔과 우정을 즐기면서 후손들이 누리게 될 행복을 현세에 미리 향유하는 유유자적한 일상을 추구하도록 권유한다. 프랑스인들의 일반적 삶의 양상 일부분이 라 퐁텐에 의하여 구체화 되었다고 볼 수 있다.

죽음이란 예측할 수 없을 뿐더러 나이를 불문하고 누구에게나 공통적이라는 교훈을 얻게 된다면 발 디디고 있는 현실을 탐닉하면서 즐기라는 것이다.

자기 자신보다 더 나은 친구나 부모는 없다.
이 점을 명심해라, 아들아. 그리고 너는
무엇을 해야 할지 아는가? 우리 가족과 더불어
내일부터 각자 낫을 쥐어야 한단다.
  - 라 퐁텐, 『우화시』, 「발루인과 함께 한 아이들과 종달새」

자신 안에서 행복의 원천을 발견하자, 자신을 알자, 끝없는 욕망의 상승과 분출을 지양하자. 이것이 살아있는 동안 온전한 즐거움을 향유하는 '삶의 기술'임을 『우화시』는 일러주고 있다.

파리에서 오래 생활했지만 라 퐁텐은 고향 샤토 티에리를 사랑했다. 그는 사업감각도, 부유해지려는 의지도 없었고 그리하여 차츰 재산을 잃었다. 토지며 1676년에는 집까지 팔아야 했는데 그런 가운데도 샤토 티에리 좁은 사회에서 벌어지는 갖가지 일에서 영감을 얻어 글쓰기를 계속했다. 집 내부에는 그의 체류시기를 추정케 하는 어떤 것도 남아있지 않다. 박물관으로 바뀌어 작품의 다양한 판본, 많은 삽화 그리고 자료가 전시되어 라 퐁텐이 우리에게 전해준 삶의 기술, 삶의 지혜가 까마귀, 여우, 어린양, 늑대 같은 동물들의 드라마를 통하여 새롭게 퍼져나가고 있었다.

유럽 문화의 교차로 스트라스부르

프랑스 문화와 독일 문화가 만나는 도시 스트라스부르. 독일식 분위기의 도시이름은 길과 도시의 합성어. '여러 길의 교차로'라는 뜻에 걸맞게 이제는 오랜 농업 전통에서 유럽연합의 중심지를 꿈꾸며 역동성을 더해간다.

화이트 와인과 양배추를 절인 발효음식 슈크루트를 떠올리던 스트라스부르에 수많은 유럽가관이 들어섰고 특히 유럽의회, 유럽평의회, 유럽인권재판소 같은 기구와 함께 도로, 강, 철도의 요충지로 부상하고 있다. 슈바벤 분지와 벨 포르 협로로 지중해, 라인 강 연안, 중부 유럽, 북해, 발틱 해를 이어주는 길목이기도 하다. 라틴 기질과 게르만 특성이 융합하는 가운데 국제도시로 탈바꿈한 스트라스부르에는 또한 수준을 공인한다는 '별(☆)' 표시가 붙은 레스토랑이 가장 많은 지역이기도 하다.

나무뼈대를 붙인 벽면이 돋보이는 16~17세기 가옥이며 집안의 넓은 뜰, 과거 가죽을 말렸던 급경사 지붕 같은 독특한 구조의 건물이 길 따라 잇달아 서있다.

알자스 와인 루트는 보주산맥 울창한 경사면 아래 170Km가 넘는

포도밭 구릉에 남북으로 굽이쳐 이어진다. 중세 성들이며 꽃핀 길, 레스토랑과 술집, 교회, 르네상스 저택들이 잇달아 펼쳐지면서 순례 여행에 생기를 불어 넣는다. 포도밭 사이 오솔길을 답사하면서 알자스 와인 예술과 공정을 체험하는 일도 즐겁다. 이 지역 포도수확은 전통적으로 9월말에서 10월말까지 이루어진다.

콜마르를 거쳐 뮐루즈에 이르는 길은 고속도로 대신에 국도나 지방도를 타고 촘촘히 박혀있는 독일식 명칭의 이름 없는 작은 마을의 예쁜 경치를 보노라면 알자스 포도주의 향기가 스며 나오는 듯하다.

알자스 와인은 오래 두지 말고 수확 후 6개월부터 5년 이내에 마시는 것이 좋다고 소믈리에들은 권한다. 그러나 몇몇 특정 제품, 레그랑 그뤼나 레 셀렉시옹 드 그랭 노블의 경우 더 오래 묵힐 수 있다고 한다. 알자스의 원산지 명칭통제 AOC 제품이나 그랑 크뤼를 마시는 이상적인 온도는 8~10°C로 튤립 모양의 잔이 어울린다. 조금 차게

야경꾼 복장

하는 크레망 달자스는 5~7°C에서 플뤼트라고 부르는 기다란 와인 잔으로 마시고 다른 와인과 마찬가지로 눕혀서 10~15°C에서 보관하고 너무 건조하거나 너무 습한 곳을 피하는 것이 좋다고 한다. 알자스 와인의 대표주자는 리슬링이다. 세계에서 손꼽는 화이트 와인의 하나로 섬세한 과일 맛이 싱싱한 감각을 준다. 생선이나 갑각류, 해산물은 물론 흰색 고기에도 적합하다는데 알자스 특선 요리 슈 크루트와도 잘 어울린다.

등불을 들고 밤에 순찰을 도는 검은 복장의 야경꾼이며 독일풍이 가미된 전통복장 등은 알자스 언어가 독일어에 가까운 방언으로 슈바벤 언어그룹에 속하는 점 등과 어울려 독일 쪽에 한걸음 다가선 느낌을 주고 있다.

이규식 문화론집

바람이 분다 살아봐야겠다

펴낸날 2023년 8월 31일

지은이 이규식
펴낸이 이순옥
펴낸곳 도서출판 문화의힘
등록 364-0000117
주소 대전광역시 동구 대전천북로 30-2(1층)
전화 042-633-6537
전송 0505-489-6537

ISBN 979-11-984312-0-2
ⓒ 이규식 2023
저자와 협의로 인지는 생략합니다.
*잘못된 책은 구입처에서 교환해드립니다.

값 15,000원